CRAFT5
agnet Mirage Reloaded
Shouji Gato + Range Murata

CONTENTS

[Tilarna Exedilika]
AFFILIATION:San-Teresa Police Department
CLASS:detective sergeant
RACE:Semanian
CAREER:the knights of Mirvor,the kingdom of Farbani,Sherwood High School
[Kei Matoba]
AFFILIATION:San-Teresa Police Department
CLASS:detective sergeant
RACE:Japanese
CAREER:ex-soldier, JSDF,UNF(SOG)

TWO WORLDS,
TWO JUSTICES.

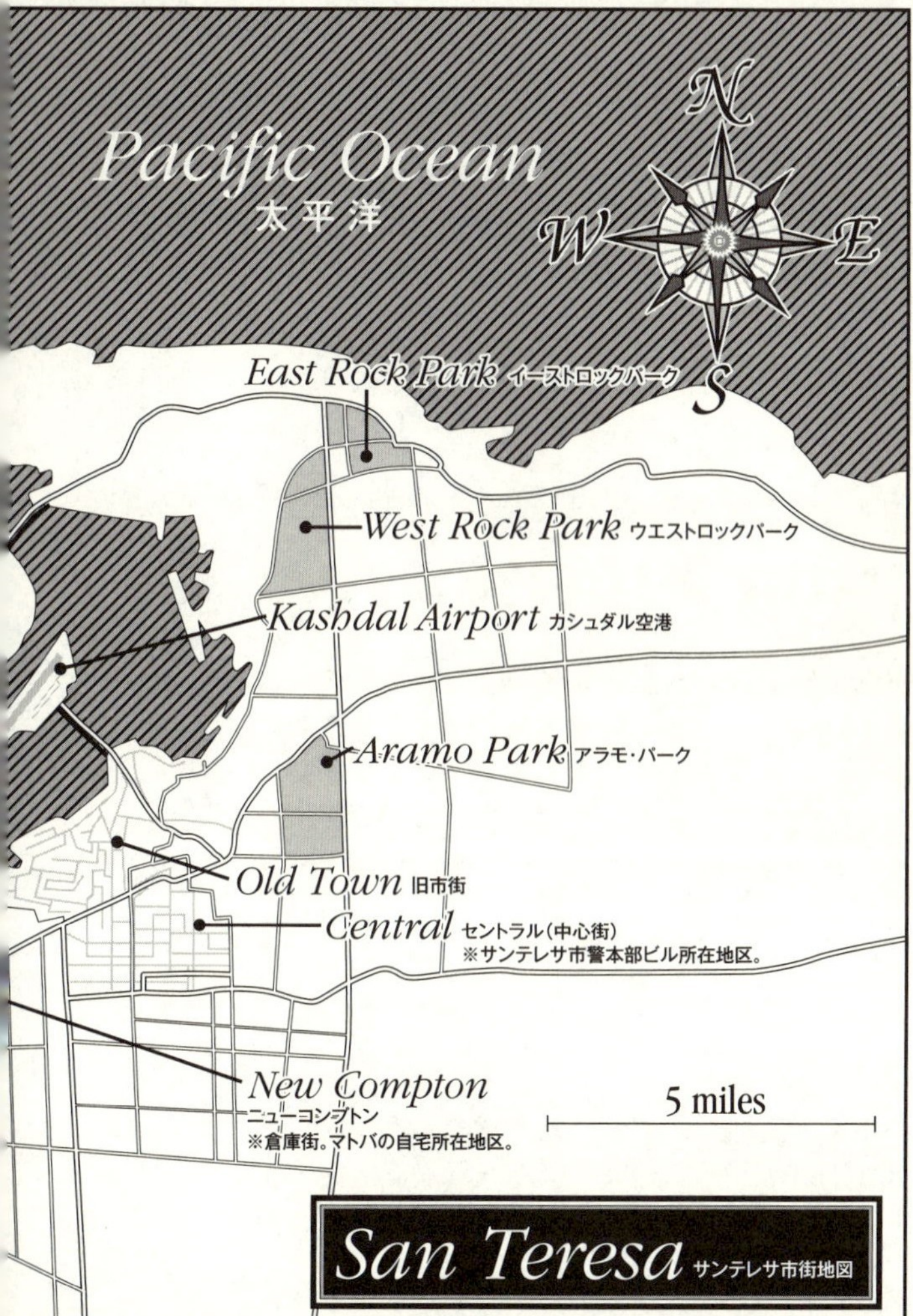
Pacific Ocean
太平洋
N
W
E
S
East Rock Park イーストロックパーク
West Rock Park ウエストロックパーク
Kashdal Airport カシュダル空港
Aramo Park アラモ・パーク
Old Town 旧市街
Central セントラル(中心街)
※サンテレサ市警本部ビル所在地区。
New Compton
ニューコンプトン
※倉庫街。マトバの自宅所在地区。
5 miles
San Teresa サンテレサ市街地図

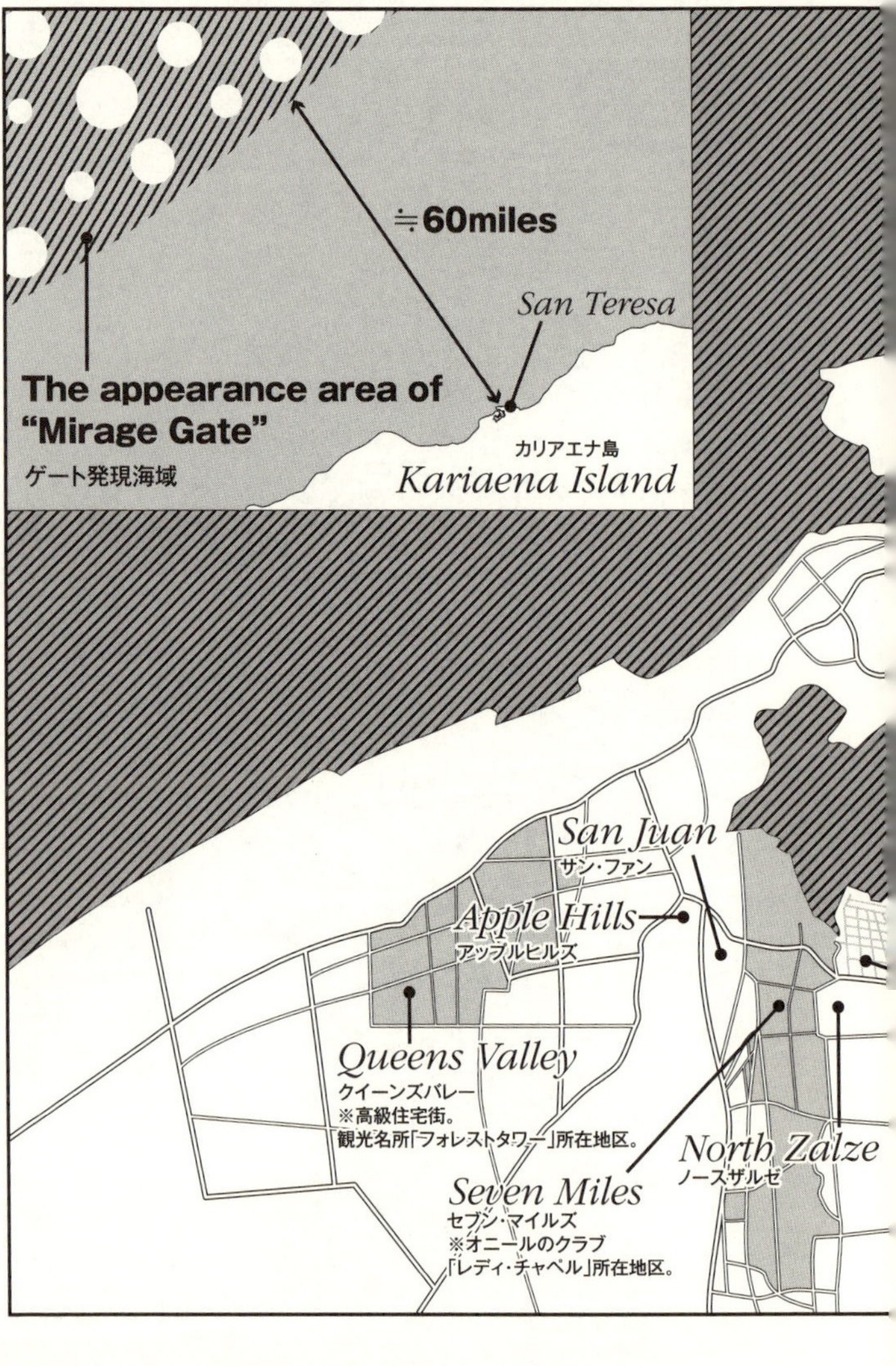
≒60miles
San Teresa
The appearance area of
"Mirage Gate"
ゲート発現海域
カリアエナ島
Kariaena Island
San Juan
サン・ファン
Apple Hills
アップルヒルズ
Queens Valley
クイーンズバレー
※高級住宅街。
観光名所「フォレストタワー」所在地区。
North Zalze
ノースザルゼ
Seven Miles
セブン・マイルズ
※オニールのクラブ
「レディ・チャペル」所在地区。

人物紹介

ケイ・マトバ
サンテレサ市警、特別風紀班の刑事。

ティラナ・エクゼディリカ
ファルバーニ王国の騎士。セマーニ人。

ビル・ジマー
特別風紀班の主任。警部。

トニー・マクビー
特別風紀班の刑事。

アレクサンドル・ゴドノフ
特別風紀班の刑事。トニーの相棒。

ジェミー・オースティン
特別風紀班の刑事。

キャメロン・エステファン
特別風紀班の刑事。ジェミーの相棒。

セシル・エップス
検死官。

ビズ・オニール
自称牧師の情報屋。

ケニー
オニールの秘書兼用心棒。

スカーレット
元陸軍伍長。

ヘンリクセン
元陸軍中尉。

ランド
元陸軍軍曹。

photo : Hanta Arita
design : Mikiyo Kobayashi + BayBridgeStudio

青白い尻《しり》に向かって、一心不乱に腰を打ち付ける。パン、パン、と音がして、女がそのたび、みっともないうめき声をあげる。

まるで豚が鳴いてるみたいだ。そう言ってはげしく攻めたら、女はもっと豚みたいな悲鳴をあげた。

『スカーフェイス』はこの女の名前を知らない。知りたいとも思わない。ほんの三〇分前、ブラウニー通りの片隅で拾っただけの、どうしようもないヤク中の娼婦《しょうふ》だ。いや、ヤク中かどうかさえ知らないが、十中八九《じっちゅうはっく》そうだろう。

『スカーフェイス』はおびえていた。

女を助手席に乗せ、サンテレサ市の郊外へと走っている間も、ずっとおびえていた。二人乗りのバイクがすぐ横を通り過ぎていったときなど、小便をちびりそうだった。後部座席のバイク野郎《やろう》が小型のサブマシンガンをこちらに向けて、分速六〇〇発の九ミリ弾をぶち込んでくる幻影《げんえい》さえ見えたくらいだ。

あいにく、そのバイク野郎どもはどこぞの大学生かなにかで、ひまを持てあまして深夜のオマハ通りを突っ走ってただけのようだった。

根城《ねじろ》としているトレーラーハウスに女を連れ込み、キッチンカウンターに両手を突かせて、たいして立派でもない息子をぶち込む。醜《みにく》い行為の最中も、『スカーフェイス』は三八口径のリボルバーを手放さなかった。怖くて仕方ないのだ。

豚め。豚め。

来るなら来い。

女が痛いと抗議する。後頭部の頭髪をつかみ、ゴキブリの這《は》い回るシンクに押さえつける。女が放してと懇願《こんがん》する。その声に、『スカーフェイス』はささやかな喜悦《きえつ》を感じる。

男が達しようとしたとき、遠くで狼《おおかみ》の鳴き声がした。

どこか遠くで、ただひと吠《ほ》え。

それだけで高揚感《こうようかん》は消え失《う》せ、恐怖がどっと押し寄せて、息子はみじめに縮みあがってしまった。

悪態をつき、女から離れ、ズボンをあげる。ベルトを締めるために銃《じゅう》から手を放すのが、ひどく心細い。

「なにするのさ、このヤク中野郎《やろう》！」

女がせき込み、ののしっていたが、『スカーフェイス』は聞こうともしない。

「狼が吠えた」

「狼？　近所の番犬でしょ」

「番犬じゃねえ。狼だ。吠えた」

「あたしは聞いてない」

「いや、吠えたんだ。確かに」

「知らねえよ。あたしは帰る。帰るからね」

「勝手にしやがれ」

「カネがまだだよ。このインポ野郎」

拳銃《けんじゅう》の台尻《だいじり》で女を殴る。何度も殴る。

倒れた女に唾《つば》を吐いてから、拳銃を手にとり、トレーラーハウスの表に出る。

丘陵《きゅうりょう》地帯の一角に設けられた、名ばかりの公園。セマーニ世界産の灌木《かんぼく》が取り囲む、赤茶けた地面に降りていく。

狼の遠吠え。

ホラー映画の一場面じゃない。

もっと短い、明確な意思伝達のための声。

そうなのだ。狼たちは連絡を取り合っている。デジタル無線機で連携する現代戦の兵士のように。兵士は無線で孤独を嘆いたりなどしない。ただ短く、必要な情報だけを同志に伝える。

だからこそ危険で恐ろしい。

周囲は静かだった。同じトレーラーハウスが、いくつも夜闇《やあん》の中にうずくまっている。サンテレサの安い団地に住む気にもなれず、さりとてまともな一軒家を構えるカネもない――そんな連中が巣くい、その日暮らしの生活を送る。ここは典型的な『トレイラー公園』だ。

聞こえるのは変電気の高周波音と、名前も知らない虫の声。鼻をつくのは、泥と生ゴミと小便の臭《にお》い。

　隣人が飼っているドーベルマンなんかじゃない。

　あれは狼《おおかみ》だ。あの声は知っている。

　手にしたリボルバー拳銃《けんじゅう》では頼りないと、『スカーフェイス』は思った。もっと強力な武器が要る。機関銃かロケットランチャー。いや、せめてカービン銃。散弾《さんだん》銃でもかまわない。使《い》い方なら、みんな知っている。軍にいたころたたき込まれた。

　でも、ここにはそんな武器なんてない。二連発の猟銃《りょうじゅう》さえ、何か月も前に売り払ってしまった。クスリを買うためだ。

　こんなリボルバーで、あいつらと戦えっていうのか？

　戦うまでもなかった。

　いきなり手首に熱い痛みが走り、前方に引っ張られた。姿勢を崩し、地面に倒れ、リボルバーはどこかに飛んでいく。引き金を引こうとすることさえできなかった。

　かみつかれている。

　攻撃者の姿は見えない。だが締め付けるような手首の痛みと、間近に迫る獣《けもの》たちの吐息《といき》は感じられる。

　そうだ。俺《おれ》は狼に襲《おそ》われている。

　引きずり倒され、肩や足やあちこちをかじられ、ずたずたにされている。柔らかい皮膚《ひふ》を食い破られ、鮮血《せんけつ》に濡《ぬ》れている。

なのに、襲撃者《しゅうげきしゃ》が見えない。

狼が見えない。

悲鳴だけが聞こえる。自分の悲鳴。哀れな、か細い、すすり泣くような悲鳴。

痛い。こわい。熱い。

助けてくれ。勘弁してくれ。

「宝箱はどこだ?」

どこかで声がした。

「よく思い出せ。宝箱はどこに行ったか。言うなら、せめて人《セマーニ》らしい死を与えよう」

知らない。宝箱など知らない。

「思い出すんだ」

知らない。助けてくれ。

「ルーク・スカーレット伍長《ごちょう》。思い出せ。それしか選択肢はない」

本当にわからないんだ。

「ならば、おまえは犬の餌《えさ》だ」

無慈悲な声。

手首が折れる。耳が千切《ちぎ》られる。腹筋が食い破られる。眼球が引きずり出される。そう感じた。

遠のく意識。

ただ聞こえるのは、狼《おおかみ》の遠吠《とおぼ》え。

COP CRAFT 5
Dragnet Mirage Reloaded

一五年前。

太平洋上に、未知の超空間ゲートが出現した。常に形を変え、おぼろなまま揺れ動くそのゲート群の向こうの存在していたのは、妖精や魔物のすむ奇妙な異世界だった。

『レト・セマーニ』。

それは向こう側の世界に住む人々の言葉で、『人間の土地』という意味である。両世界の人類は何度かの争いを繰り広げながらも、交流の道を模索し続けていた。

カリアエナ島。サンテレサ市。

超空間ゲートと共に西太平洋に現れたこの巨大な陸地と、その北端に建設されたこの都市は、地球側・人類世界の玄関口にあたる。

二〇〇万を超える両世界の移民。
雑多な民族と多彩な文化。
そして持てる者と、持たざる者。

ここは世界で最も新しく、また最も活気に満ちた『夢の街』である。

だがその混沌《こんとん》の陰には、数々の犯罪がうごめいていた。セマーニ側の危険な魔法的物品と、地球側の兵器や薬物が裏取引され、また、かつてなかった民族対立と文化衝突が新たな摩擦《まさつ》を生み出している。

この街の治安を預かるサンテレサ市警は、常にそうした事件、特殊な犯罪に立ち向かっているのだ。

1

「こいつは刑事《デカ》だ！」

その一言で、穏便《おんびん》なはずの取引現場が緊迫に包まれた。

深夜。サンテレサ鉄道の操車場。

小さな取引。挨拶《あいさつ》代わりの、最初のビジネス。最近流行のドラッグ『ヘブンズ・ドア』一キロと、きれいな紙幣が三万ドルほど。

いるのはケイ・マトバ刑事（偽名《ぎめい》はケイ・マノベ）と、その相棒ティラナ・エクセディリカ刑事（偽名はティラナ・エルネバラ）。

その取引相手は麻薬ディーラーのベルナーレとロドリゲス。

ロドリゲスのほうは、今夜が初対面だ。そのロドリゲスが、潜入捜査中のマトバを見るなり叫んだのだった。

こいつは刑事だ、と。

「デカだって？」

もう一人のベルナーレは色めき立ち、すぐさまマトバに銃《じゅう》を向けた。それより早く、ホルスターから拳銃《けんじゅう》を抜いて腰だめにぶっ放すこともできたのだが、マトバは実行しなかった。彼は両手を挙げて、さも不服そうにうなり声をあげた。ベルナーレは困惑し、半信半疑《はんしんはんぎ》でいる。すぐに撃つ気はないだろう。

「おいおいおい。いきなりデカ扱いかよ。だれかと間違えたんじゃねえのか？　なあ、ハニー？」

相棒のティラナに言う。『一緒に手を上げておけ』という暗黙のメッセージだったが、彼女は斜め上の反応を見せた。

「この裏切り者め。まさか刑事だったとはな」

彼女は長剣《クレーゲ》を引き抜くと、その切っ先をマトバの首筋に当てた。ティラナは銃を持っていない。ベルナーレたちへの距離もある。ある意味では、もっとも合理的な行動ともいえた。

「おいおい！」

「黙れ。前から疑ってはいた。どうせわたしのことを、世間知らずの田舎者《いなかもの》だとでも思っていたのだろう？　よくも騙《だま》してくれたな、この地球人《ドリーニ》め！」

いくらか芝居《しばい》がかってはいるが、ティラナの演技は及第点だった。おかげで売人《ばいにん》の二人はこの成り行きを見守るつもりになった。安っぽいリボルバーの引き金にかけた指の力が、とりあえずはゆるくなっている。

「冗談じゃねえ。俺《おれ》がデカなわけねえだろ。デカならこんな回りくどいことやらねえぞ。いますぐバッジ見せて、おまえらの上前《うわまえ》ハネてるさ」

「言い訳はやめるがいい！」

「うるせえ、この雌犬《めすいぬ》が！」

マトバはティラナを怒鳴りつけた。

「シナモンの店で変態客ばかり相手にしてたメスガキを、わざわざ拾ってやった恩を忘れたのか？　性病持ちの、いかれ宇宙人め！」

潜入捜査のうえでの芝居《しばい》だったのに、ティラナは目を白黒させて、本気で当惑していた。

「わ、わたしのことか？　ケイ、いくらなんでも……」

バカ野郎《やろう》。なにショック受けてるんだ。おまえは没落貴族の難民セマーニ人で、マニアックなデートクラブでロリコン客を相手にしてた。それをこの俺《おれ》――なかなか羽振《はぶ》りのいい仲買人《バイヤー》のケイ・マノベが拾ってやった。以来、この俺の右腕であり情婦であり護衛でもある。

そういう設定だっただろうが。

「なに涙目になってやがる。このアマ、またひっぱたかれてえのか⁉」

「侮蔑《ぶべつ》の限度を超えているぞ！　そこになおれ！　切り捨てる！」

またそういう、返しに困る台詞《せりふ》を。

「えー。あー……っとだな」

瞬間、二つのプランが思い浮かんだ。

一つは『やれるものならやってみろ。俺のナニなしで、一日でも生きられるもんならな！』という色男系の台詞。だがこれはうまくない。ティラナのことだ。たぶん、もっと怒る。もしかしたら、思考停止してなにも言えなくなるかもしれない。

もう一つは『ひっ。やめてくれ。俺はデカじゃない。助けて助けて助けて』だのとおびえてみせる台詞。こちらのほうが、ティラナも続きの芝居がやりやすいだろう。だがその代わりに、仲買人マノベの評判は地に落ちる。業者の間で噂《うわさ》にもなるだろうし、今後の取引（囮《おとり》捜査）も続かない。ひいては『ヘブンズ・ドア』の出どころもつかめない。

「あー……」

一秒半ほど考える。三つ目を思いついたので、マトバはそれを採用した。

最初にこちらを『デカだ』と言ってきたロドリゲスを指さす。

「……っていうか、おい、おまえ！　そこの新顔！」

「？」

「思い出したぞ、おまえこそデカだ！　三年前のセブン・マイルズだ。俺がしょっぴかれたとき、制服警官の一人に、そんな顔の奴《やつ》がいたぜ」

「ふざけんな！　なにデタラメを――」

「いいや！　間違いねえ、おまえこそデカだ！」

ベルナーレがさらに困惑した。

「マジか？」

「ああ。とんだ食わせものだぜ、この野郎。バレそうになったから、とっさに俺をデカ扱いっ

てわけか？　なめるんじゃねえ。ベルナーレがそんな手に引っかかると思ってるのか？　なあ、わかるよな？」

「お、おれは……」

ベルナーレは迷っている。

「よくもそんな口を！　俺《おれ》をしょっぴいたのがてめえだろ⁉」

ロドリゲスは怒っている。

「だんだん混乱してきたぞ……」

ティラナは混乱している（本当に自分の立場がわからなくなってきている）。

「デタラメだ！　そいつがデカだ！」

「いいや！　てめえがデカだ！」

「おまえが刑事だ！」

「犬野郎《やろう》め！」

押し問答。興奮と混乱。刃や銃口《じゅうこう》があちこちを向く。武器を抜いていないのはマトバだけだ。

仕方がない。この囮《おとり》捜査は、一からやり直すつもりでいくしかないだろう。

マトバは一度咳払《せきばら》いしてから、後頭部を三回かき、もう一度咳払いした。事前にバックアップの監視チームと取り決めておいた合図だ。

操車場の制御棟《せいぎょとう》から、同じ風紀班のトニー・マクビー刑事とアレックス・ゴドノフ刑事がこちらを監視しているはずだ。この合図を見れば、すぐに周辺に待機しているパトカーを殺到させる手はずになっている。

　ロドリゲスがまっすぐに銃口を向けてきた。

「おい、マノベとかいったな！　あくびなんぞしてるんじゃねえ！　わかってんのか!?」

「ああ、ああ……。わかってる。いい加減落ち着いて、まともなビジネスの話をしねえか？」

「ビジネス!?　デカと!?　くそくらえ！」

「だからデカじゃねえって――」

　マトバの予想よりも早く、トニーたちは動いていたようだった。

『動くな！　警察だ！』

　サーチライトの強い光。青と赤の回転灯。それらが前後から襲《おそ》いかかってくる。逃げ場はマトバの右方向のみ。

「くそっ、サツだ。売りやがったな!?」

　ロドリゲスがでたらめに発砲《はっぽう》した。弾丸は誰にも当たらず、マトバのずっと後ろの貨物車のドアに当たって甲高い金属音を立てた。

　そのときには、マトバは唯一《ゆいいつ》の逃走経路に向かって駆《か》けだしていた。ティラナには構いもしない。取り残されて捕まったところで、トニーやゴドノフ、その他の警官たちもティラナは同僚だと知っている。

「この野郎《やろう》！」

ベルナーレがマトバを撃とうとする。そのベルナーレにティラナが組み付く。

銃声《じゅうせい》を聞いてパトカーの警官たちも発砲《はっぽう》する。まともに狙《ねら》ってはいないだろう。茶番にすぎない。派手《はで》な銃声。茶番の銃撃の中をマトバが逃げる。砂利《じゃり》を蹴《け》り立てて、列車の連結部を飛び越え、操車場のはずれへと向かう。

逃げるふりをするつもりだったが、すぐ右前方をロドリゲスが走っていることに気づいた。どういうわけだか、混乱の中で正しい逃走経路を見出《みい》だし、一目散《いちもくさん》に逃げ出している。

意外に勘のいい奴《やつ》だ。

ロドリゲスを逃がすか？

いや、そうはいかない。なにしろ奴はこの自分を見て、いきなり『デカだ』と叫んだ野郎だ。このまま街に放してはろくなことにならないだろう。

「止まれ！」

銃を引き抜き、マトバは叫んだ。あえて『警察だ』とは言わない。

予想どおり、ロドリゲスは止まらなかった。高さ七フィートほどのフェンスに飛びつき、体操選手みたいな身のこなしで乗り越える。足も速い。マトバは負けじとフェンスを乗り越え、後を追った。

フェンスの向こうは工事現場だった。建設中の高速道路。大量の資材がうずたかく積み上げられ、フォークリフトやクレーン車があちこちに眠っている。視界も悪い。何度も相手の姿を見失いかけたが、足音と息づかいが聞こえるおかげで、どうにか追跡を続けることができた。

「ロドリゲス！　止まれ！」

セメント袋の山を回り込み、銃を向ける。ロドリゲスは撃ち返してこなかった。だがその拍子《ひょうし》に、足下の小石につまずいてバランスを崩す。転倒し、すぐ立ち上がり、さらに逃げる。そのころまでには、マトバは相手にわずか一〇メートルほどの距離まで迫っていた。

「このっ……！」

すぐそばに鉄パイプが転がっていた。走りながら拾い上げ、サイドスローで投げつける。たいした効果は期待していなかったが、ロドリゲスは鉄パイプに足をとられ、前のめりに転んだ。悪態をつき、立ち上がろうとする相手に、マトバは全速力で飛びかかる。身長も体重もこちらが上だ。ロドリゲスはほとんど抵抗もできずに、工事現場の砂利の上に突き倒された。

「おい、マノベ！　待て……！」

なかば観念したロドリゲスの言葉を無視して、マトバは相手の銃を奪う。九ミリ口径のベレッタ。弾倉《だんそう》を引き抜き、スライドを前後させ、弾薬を空っぽにしてから地面に放り投げる。ロドリゲスはたいして抵抗もせずに、大げさに両手を上げ、マトバをなだめようとする。

「なあマノベ！　落ちつけって！」

「サンテレサ市警だ。おまえを逮捕《たいほ》する」

「やっぱりデカかよ!?」

脇腹《わきばら》や背中、くるぶしなどに銃《じゅう》を隠していないか確認する。実際、右足に小型のリボルバーを隠し持っていた。残りの銃も奪って弾《たま》を抜き、放り捨ててから、マトバはバッジとIDを相手に見せた。

「おまえには黙秘権がある。あらゆる陳述《ちんじゅつ》は裁判で不利な証拠《しょうこ》となりうる。また――」

「あー、はいはいはい！　だがな、マトバ刑事どの。被疑者の権利を言い終わる前に、俺《おれ》の左ポケットを確認してみたらどうだい。IDがある」

「動くな！」

「あー、ゆっくり動くから。……もう銃なんか持ってねえよ。ほら……この手帳入れ。中身をしっかり見てほしいんだが……」

ロドリゲスは苦笑を浮かべ、慎重な手つきで、ジャケットの内ポケットから手帳入れを取り出した。

「開いてもいいかい？」

「…………」

マトバの沈黙を肯定《こうてい》と受け取ったのだろう。『麻薬業者のロドリゲス』は、手帳入れを開き、中のIDを見せた。

「……くそっ！」

たちまちマトバは、不機嫌きわまる悪態をついた。

「俺はＤＥＡ（麻薬取締局）。ホルヘ・エスコバル捜査官だ」

と、ロドリゲスは言った。

「そんなのは見りゃわかる」

「わかったなら、その銃口をどけてくれ」

「聞かなかったことにして、おまえを撃ち殺したいくらいだ」

マトバは銃をホルスターにしまった。


流行《はや》りのヤクの取引現場に集まった四人の売人《ばいにん》のうち、三人がデカだった。

ここまで間抜けなケースだと、もはや笑い話にもならない。

もしマトバが将来に警察を辞めて、回顧録《かいころく》でも出版することがあるとしたら（そんなことには絶対にならないだろうが）、今夜の一件はまずその本には書かれないだろう。よしんば書こうとしても、バカバカしすぎて編集者はきっとダメ出しをするはずだ。『リアリティがない』だのなんだのと言って。

「まあ囮《おとり》捜査だ。どの部署も極秘でやる。こういうこともあるんじゃないのかね」

のんきな声でそう言ったのは、同僚のゴドノフ刑事だ。あの現場の操車場でまず事情を聞いたときに、いちばん無遠慮に笑ったのもこいつだった。

撤収が済んでからの風紀班のオフィス。

今夜も残業の刑事が四～五人いる。ガラスで仕切られたジマー主任のブースは照明が消えていたが、たぶん彼は今ごろ、車で五分のDEAのオフィスで、エスコバルの上司とはげしい罵《のの》りの応酬《おうしゆう》を繰り広げていることだろう。

「敵を騙《だま》すにはまず味方から、って言葉もあるじゃないか。そうカリカリしなさんな」

「ゴドノフ。おまえは博愛主義者なんだろうな。俺《おれ》はそんな寛大な気持ちにはなれねえよ」

不機嫌な声でマトバが言うと、ティラナが眉《まゆ》をひそめた。

「そうなのか？　ゴドノフの言うとおりだと思うのだが」

「んなわけねえ。普通は顔を合わせたところで、どっちかが気づくもんさ。こいつはご同輩かもしれんと。そしたら取引は曖昧《あいまい》な理由で延期して、あとで上司に問い合わせる。心当たりのある部署のトップが極秘で相談して、事実がわかったら、あとは両者の作戦のすり合わせだ。それが組織ってもんだろ」

このサンテレサ市で、囮《おとり》捜査を実行している法執行機関はいくつもある。どれも極秘の作戦なため、通常はほかの機関に通達されていない。完全にクリーンな組織などありえないので、ほかの機関の腐敗した捜査官から情報が漏《も》れるのを恐れてのことだ。

もちろん各機関が好き勝手に『売人《ばいにん》ごっこ』をやるのをよしとしないお偉いさんたちもいて、それら極秘作戦を統括・指揮する本部が設けられたこともあった。

だが、うまく機能しなかった。

司法省、財務省、市警察など、どの機関も所属はそれぞれ異なるし、どこが指揮権をもつかで綱引きが行《おこな》われた。しかも危険な潜入をしている捜査官の情報を、喜んで提供したがる部署などあるはずもない。案の定の機密漏洩《ろうえい》事件も起きて、結局この試みはご破算になってしまったのだ（ちなみにこの漏洩事件による被害は小さいものだった。各機関の保守的な人間が共《きょう》謀《ぼう》して、新本部の設立を妨害したのではないかという噂《うわさ》まであるくらいだ）。

その後も同様の試みは続けられているが、最終的には各部署での折衝《せっしょう》にゆだねられているのが現状だ。

「とはいえ、ケイ。事故が起きることもあるのではないか？」

ティラナが言うと、マトバはうなり声をあげた。

「あれが事故？　まさか」

「ふむ」

「あの野郎《やろう》――ＤＥＡのエスコバルは、俺を見るなり『デカだ』と抜かしやがった。頭がおかしいとしか思えないぜ。下手《へた》したらこっちが死んでたところだぞ？」

「それについてはあの騒動のあと、エスコバルも言っていただろう。おまえのことに見覚えがあったと。彼は、おまえがこちらを知っているようなそぶりを見せたので――」

「とっさに先手《せんて》を打ったってな。ああ、確かに俺のほうも、あいつにはなんとなく見覚えがあった。だが、俺《おれ》はだからって『こいつはデカだ』なんて言ったりしねえよ」

そうなのだ。マトバもエスコバルには見覚えがある。だがどこで会ったのか、どうしても思い出せない。

「どこで会ったのだ？」

「だから思い出せねえんだ。捜査官向けの退屈な研修中かもしれないし、豪華ヨットの売人《ばいにん》のパーティーかもしれない。なにしろこんな稼業《かぎょう》だ。いろんな奴《やつ》に山ほど会うからな。……それにしたって、『デカだ』はありえん。エスコバルの野郎《やろう》は精神鑑定を受けるべきだ」

「まあ、そうかもしれないわね」

オフィスの隅っこでＰＣをいじっていたゴドノフの相棒、トニー・マクビー刑事がつぶやいた。

「普通に考えたら、そのエスコバル氏には何か後ろ暗いことがあるって解釈になるわよ。二重スパイ《ダブル・エージェント》だとか」

潜入捜査をやってるふりをして、本当は麻薬業者からカネを受け取って、便宜《べんぎ》を図っているという意味だ。もちろんマトバもそれは疑っている。

「だとしても、あんな場面で叫ぶのは変だ」

マトバが言うと、トニーは肩をすくめた。

「まあね。だから精神鑑定のほうが必要かもしれないわ。ああ、やだやだ」

「それでもって、激務とストレスを理由に楽な仕事に移ろうってのか？　ばかばかしい」

「ふーん。それはそうと、ティラナ」

と、ゴドノフが言った。

「ん？」

「今夜の芝居《しばい》はなかなか楽しかったぜ。特にあれ、マトバにあれこれ変態客がどうのとか言われたあたり」

「む……むむ」

しどろもどろになるティラナの様子には気づきもせず、ゴドノフは述懐《じゅっかい》する。

「あの動揺っぷりは迫力あったなあ。俺も制服のころ、痴話喧嘩《ちわげんか》はさんざん見てきたけど、なかなかのリアリティだったよ」

「あ、あれは……」

「ゴドノフ。やめなさい」

トニーがぴしゃりと言う。

「なんだよ？」

「彼女は楽しんでないわ」

「ん？　そうか？　ああ……すまん」

ゴドノフが謝り、仕事に戻る。マトバが言いたかったことの大半を、トニーが代わりに言ってしまった。マトバは目線だけで軽く会釈《えしゃく》する。PC画面の黒いところに反射して見えているのだろう、トニーは背を向けたまま無言で、ほんの小さく頷《うなず》いた。

(すまんね)

(いいのよ)

こんな感じだ。

いわゆる阿吽《あうん》の呼吸。

なんだか俺《おれ》とトニーって、年をとった夫婦みたいだなあ、とマトバは思った。

俺はゲイじゃねえけど、あいつがもし女で、嫁さんかお袋だったら、きっと最高の人生だろうな。

そんなしようもないことを思っていると、オフィスに主任のジマー警部が入ってきた。

「マトバ」

怒鳴りつけられると思っていたので、その落ち着いたトーンにまず驚いた。

「主任。今日《きょう》の件なんですがね?　まずDEAのあいつは――」

「エスコバルの件はいい。よくある行き違いで済ませた」

マトバの言葉を遮り、ジマーは言った。

「なんだって?　イモ引いたんですか?　いったい――」

「それより別の話だ。元陸軍のルーク・スカーレットという奴《やつ》なんだが。知ってるか?」

顎《あご》まわりが引き締まるのを、マトバは感じた。

「ルーク・スカーレット？　……フロリダ出身の伍長《ごちょう》ですか？」

「書類を見る限り、そうだ」

「それなら知っています。セマーニ世界《むこう》で戦争中、一時期に」

自衛隊とアメリカ陸軍の合同作戦で、偵察《ていさつ》任務を一緒にこなしたことがある。思い出したくもないような、不愉快な経験ばかりだった。

「親しかったのか？」

「いや、全然」

それにあいつは、自分のことを別の異名《いみょう》で呼ばせていた。『スカーフェイス』だの何だの。アル・パチーノとは似ても似つかない奴だったので、マトバはその男を最後まで『スカーレット伍長』としか呼ばなかった。

「それで、スカーレットがどうしたんです」

「さっき娼婦《しょうふ》と一緒に死体で発見された。アルハンブラ海岸《ショアーズ》のトレーラー公園だ」

「ヤクがらみの殺しですか？」

「わからん。少なくとも、自殺ではないようだが」

「娼婦のほうは一年ほど前、風紀班《うち》でしょっぴいた記録がある。不審な点も山ほどあるみたいでな。アルハンブラの郡警察には話を通したから、おまえとエクセディリカで行ってこい」

アルハンブラ海岸《ショアーズ》。深夜のいまなら車で一時間もかからない距離だが、帰りは朝になりそうだ。

「あー……」

マトバは顔が曇るのを辛《かろ》うじてこらえた。時計を見ることも、『まさか、いまからですか?』とたずねることもどうにか避けた。そんなことをしたら、ジマーがたちまち不機嫌になることはよくわかっている。この上司が『行け』と言ったのなら、それは必要なことなのだ。

こちらの気配りにもかかわらず、ジマーはマトバの内心を鋭《するど》く察知した。

「なんだ。不服か?」

「いえいえ。喜んで」

ちっとも嬉《うれ》しくなさそうな顔で、マトバは上着に手を伸ばした。


アルハンブラ海岸はサンテレサ市の南西五〇キロの位置に横たわる港湾地帯だ。市郊外のリゾート地として知られているが、あまり高級なイメージはない。とはいえサンテレサの中流家庭が、週末に釣りやバーベキューでもしながら過ごすにはちょうどいい距離で、安い別荘を持っている警官もいる。マトバも同僚から招待されて、海を見ながらビールを楽しんだことが何度もある。

ティラナは当然、初めてだ。

だが深夜の二時、しかも仕事で訪れるのでは、楽しくもなんともない。マトバの運転するコルベットの助手席で、うとうとしそうになっては、はっとして首をふるふると振り、眠気を必死に追い払おうとしている。

「俺《おれ》も眠い。なんか話してくれ」

アルハンブラへの道中、マトバが言った。『寝ててもいいぞ』と言おうかと思ったが、このままだと現場のトレーラー公園に着く前に、二人とも居眠り事故であの世行きだ。

「話せといわれても……。そうだな。最近読んだ本の話題などはどうだ？」

「ふむ。どんな本だ？」

「ヘーゲルの『精神現象学』」

「ふざけんな。俺を殺す気か」

「地球人《ドリーニ》の本にしては、興味深い内容だぞ？　わたしの国の『バール・ノ・ミルディ』という魔法書と相通じるものがある。どういうことかというと、物質界と精霊界の間には――」

「やめてくれ。眠くなる」

「そうだな。おまえのような無教養な男に話すには不適切かもしれん」

「なんとでもいえ。……あー、きっついな」

これが男同士だったなら、しようもない猥談《わいだん》でもして持ちこたえるのだが。ティラナ相手にそれはまずい。たぶんその場で斬《き》り殺される。

「だったらそもそも、仕事のことだ。コーボラル・スカーレットだったか？　どんな男だったのだ？」

ああ、そうだった。そっちの件について、まだティラナにはなにも話してなかった。

「そうだなあ……スカーレットか。よく知らん」

「知らんのか」

ティラナは拍子《ひょうし》抜けした様子だった。これまでスカーレットのことを聞いてこなかったのは、『大事な戦友だったのかもしれない』と遠慮していたのだろう。

正直なところ、ジマーから死んだと聞かされても、『ふーん、死んだのか』くらいにしか思わなかった。セマーニ人を毛嫌いしていたあの男が、セマーニ世界にもっとも近いこのカリアエナ島に住んでいたことのほうが驚いたくらいだ。

「第二次カリアエナ紛争のときだ。俺《おれ》が従軍してたのは言ったよな？」

「うむ」

「そのとき、合同の偵察《ていさつ》任務があって、何度か同じチームにいたんだ。俺は日本軍、スカーレットはアメリカ軍。いきなり組まされても、あんまりうまくは行かないんだがな。政治的な都合ってやつさ」

「そうなのか」

「俺はいつもそうだ。相性のよくない奴《やつ》と組まされる」

するとティラナが頬《ほお》をふくらませた。

「なんだ。それはわたしのことか」

「冗談だ。そこは笑えって」

「ちっとも面白くない」

不機嫌な声。こういう冗談が通じないあたり、やはり相性がよくない。考えてみれば、ティラナと同じジョークで笑ったことなど、ほとんどないような気がする。

「……それで。同じチームだっただけなのか？」

「モメたことは何度もある。隠密《おんみつ》の偵察作戦だ。あいつらの防虫剤がな、けっこう強烈な匂《にお》いなんだよ。敵に気づかれるから使うなって言ったら、怒りやがったし。下品で申し訳ないが、連中、クソも臭い。作戦の前日から肉は食うなって言ったら、やっぱり怒った。セマーニ兵の嗅覚《きゅうかく》はハンパじゃねえのに。……ほかにも行軍《こうぐん》ルートや装備のセレクト、なんやかや。険悪なムードがずっと続いたな」

「地球人の間でもそういうもめごとはあるのだな……」

クソの件はどうにかスルーして、ティラナが感想を述べた。

「その作戦エリアは日本軍が前から担当してたんでな。こちらのほうが先輩だったんだが。あいつらときたら、アホな現地人をガイドに雇った探検家みたいなノリだったよ。ムカついたぜ」

「それで？」

「それだけさ。合同任務の期間が過ぎて、俺《おれ》らは別の作戦エリアに転任した。清々《せいせい》したし、その後もやりとりはしてない」

本当はそれだけではなかった。だがマトバはそれ以上話す気にはなれなかった。それにあのころは、どこにでもあるようなことだったのだ。

「ケイ。おまえはあの戦争に従軍していたのだろう？　だったら、おまえは――」

ティラナが言いよどんだ。

「なんだ？」

「いや。なんでもない」

それきり彼女は口をつぐんだ。

マトバも追及はしなかった。しかしティラナがやめた質問が、彼にはなんとなく想像できた。たぶん『戦争でセマーニ人を殺したのか？』と聞きたかったのだろう。

ああ、答えはもちろんイエスだ。

それができなかったら、自分はとうの昔にくたばっていた。地球ではない、どこの宇宙にあるのかもよくわからない、あの異世界の土くれになっていたことだろう。

数々の苦い記憶がよみがえる。

マトバはもう眠くなかった。助手席のティラナも同様で、背筋を伸ばしたまま、真っ暗の外の景色《けしき》を眺めていた。

2

アルハンブラ海岸《ショアーズ》のトレーラー公園に着くと、すでに鑑識チームが撤収作業に入ろうとしているところだった。

地元の保安官代理にバッジを見せて、『立入禁止』と印刷されたテープをくぐる。

「ベイ警部補は？」

「向こうです。オレンジのジャケットの彼」

指さした先を見ると、一両のトレーラーハウスのそばでスマートフォンを操作している黒人の男がいた。着ているフィールド・ジャケットがオレンジなので、一瞬、消防士かと思ったが、あれはただの私物のようだ。

マトバに続こうとするティラナを、巡査がとがめようとした。

「あー……。そちらのお嬢さんは」

「こいつも刑事だ」

「あ、失礼」

ばつが悪そうに保安官代理が引っ込む。こういうことはよくあるので、最近はティラナも目くじらをたてない。ため息のひとつくらいはつくが。

近づいていくとベイはこちらに気づいた様子で、スマートフォンをしまって向き直った。よれよれのジーンズにトレーナー。夜中に呼び出されて、着の身着のままでこの現場までやってきたようだ。年は四〇前後くらいか。マトバより頭半分ほど背が低い。短い頭髪で口ひげをたくわえているので、なんとなくジマー主任の小型版といった風情《ふぜい》だった。

「あんたが風紀班《バイス》のマトバか？」

「ああ。よろしく」

「アルハンブラ保安官事務所のベイだ」

いちおう握手してくれたが、あまりこちらにいい印象は持っていない様子だった。そりゃあそうだろう。深夜の三時に嫁さんへの謝罪メールを送っていたら（憶測《おくそく》だが）、高級スーツに身を包んだサンテレサ市警の男がくちばしを挟みに現れたのだ。うきうきするわけがない。

ベイは顎先《あごさき》で『ついてこい』と示してから、歩き出した。

「……ヤクがらみだし被害者は元軍人と娼婦《しょうふ》、おまけに不審な点が多すぎるってことでな。役に立ちそうな奴《やつ》はいないかと上に聞いたんだ。そしたら特急便であんたらがやってきた。ピザ屋よりましな仕事をする連中が、市警にもいるみたいだな」

「そりゃどうも」

ほめてるのか皮肉を言っているのか判然としなかったので、適当な相づちで済ませておいた。

「まあ、現場がホットなうちに見てもらうに越したことはないが」

「で、状況は？」

「まず、これだ」

被害者の住居とおぼしきトレーラーのそばで立ち止まる。あれは遺体なのだろう。黄色い防水シートが数メートル四方にかけてあり、その一つ一つに鑑識票が添えてあった。被害者一人の遺体が『Ｂ１』から『Ｂ６』まで。つまりあちこちに散らばってるわけだ。土がむき出しの地面は、どす黒く変色した血液で染まっている。

「ばらばらだろ。そこのでかいのは頭部と胴体、右上腕部《じょうわんぶ》と右大腿部《だいたいぶ》まで。あっちに左脚の大半。あのＢ３が残りの右脚で、あとは左腕と右下腕部。Ｂ６は臓器の一部だ」

「ひでえな」

「もう一人の娼婦は病院に運ばれてから死亡が確認されたので、ここに遺体はない。トレーラーハウスの中で倒れていた。まだ断定はできないが、スカーレットに殴り殺されたと考えていい。スカーレットのほうは、ここで見るかね？」

「ああ……」

気が進まなかったが、尻込《しりご》みするわけにもいかない。いちばん大きな遺体の一部に近づいてかがみ込み、防水シートをめくる。そのとたん、ルーク・スカーレット元伍長《ごちょう》の相貌《そうぼう》と対面した。

恐怖と苦悶《くもん》。

両目は大きく見開かれ、口はいまでもわなないているかのようだ。一瞬、この男はまだ生きているのかと思ったほどだった。

よお、戦友。ひどい面《つら》だな。

そうつぶやこうとしたが、やめた。冗談を言う気分にはとてもなれなかった。

「私も死体はいろいろ見てるが、こういう顔は珍しい。普通はもっとこう……わかるだろう？」

背後でベイが言った。

「そうだな。無表情だ」

窒息死《ちっそくし》だとこういう顔になることがある。酸素《さんそ》を求めて、最後の瞬間まで苦しみあえぎ続けるからだ。だが五体をばらばらにされたら、失血で絶命するほうが早い。

「この顔はドラマチックだ」

「そう。散弾《さんだん》で半分吹き飛ばされた顔のほうが、まだ見慣れている分、救いがある」

死体の顔を見るのが不愉快なのは、それが完全に人間性を失っているからだ。生前の感情、人生の年輪、すべてが消滅《しょうめつ》し、ただのうつろな物体になっている。そこには表情というものがない。衝撃《しょうげき》や圧迫、時間の経過など、物理的な理由でいびつに歪《ゆが》んでいることはあっても、それは悪魔のいたずらにすぎない。

「死因は」

「まず外傷性ショックか失血だろうが、断定は検死待ちだな」

マトバは防水シートをさらにめくり、遺体の傷を観察した。自分の体が照明を遮っていたので、すこし身をずらすと、ティラナが横から無遠慮に遺体をのぞき込んだ。

「おい。邪魔だ」

「獣《けもの》のしわざだな。牙《きば》を突き立てられ、食いちぎられている」

「わかるのか？」

「わたしの故郷の農場で、狼《ヴェラム》にやられた羊《デーナイ》なら見たことがある。人間は初めてだが」

「ふむ……狼《おおかみ》ね」

ヴェラム（狼）にデーナイ（羊）。ティラナの故郷であるセマーニ世界に生息する動物のことだ。地球上の哺乳類《ほにゅうるい》とほとんど変わらないが、細かな特徴や生態が異なる。

超空間ゲートの影響で太平洋上に出現したこのカリアエナ島は、もともとセマーニ世界の一部だった。そのためいまでも郊外には、セマーニ世界の動植物が数多く見られる。ほとんどは無害な温帯・亜熱帯の生物だ。

ヴェラムという狼の亜種もすでに確認されているし、実はサンテレサ市の動物園でも何頭か飼育されている。

遺伝子解析《かいせき》によれば、セマーニ産の動植物と地球産の動植物は同じルーツを持つことがはっきりしている。ファンタジー風の異世界といっても、六本脚の脊椎《せきつい》動物はいない。必ず四肢《しし》（あるいはその残滓《ざんし》）を備えている。四本脚に両翼を持ったドラゴンや、馬の体に人間の上半身を持ったケンタウロスは存在しないのだ。

問題はいつの時点で――つまりどれくらい昔に分岐《ぶんき》したのかなのだが、そのあたりはデータが矛盾《むじゅん》だらけで、いまだにはっきりしていない。数千万年前の白亜紀《はくあき》に分岐したらしき魚類もいれば、数十万年前の更新世《こうしんせい》に生息していた鹿の仲間とほとんど変わらない動物もいる。

ちなみにティラナのようなセマーニ人は少なくとも一〇〇万年前まで、地球のホモ・サピエンスとルーツを同じくしているらしいと考えられているが、それ以後のことはわかっていない。五〇万年前に分岐したという説もあれば、せいぜい一万年前だとする説もある。さらに種《しゅ》として分岐したあと、ホモ・サピエンス（もしくはその先祖）と何度も交配したのではないかという説もあり、これがいまのところ有力視されている。

ひとつだけはっきりしているのは、セマーニ人進化に対するシンプルな答えは、おそらく得られないだろう、ということだ。

これまでも謎《なぞ》だらけだった人類の数十万年に、セマーニ人の存在（さらに生物学的にありえないはずの妖精の存在）が突きつけられたために、考古人類学はいまや戦国時代の様相だという。

好奇心の優先順位がもっとも高いヒトですらこの始末なので、狼《おおかみ》ともなると、ほとんどなにもわかっていないないような状況だ。

まあいい。

下手人が狼だとして、だ。

「……このアルハンブラに狼なんて出たか？」

隣家の庭につながれたドーベルマンを横目で見ながら、マトバは言った。その番犬はおびえきっており、トレーラーと地面との間にできたくぼみの中で、しっぽを丸めている。飼い主がいくら呼んでも出てこようとしない。

鎖《くさり》の長さがここまで届かないし、あの小心ぷり。さすがにあのワン公は容疑者じゃなさそうだ。

ベイが否定した。

「いや、狼は聞いたことがないな。もともと数が少ないし、生息地もずっと南だ。広大な湿地帯と『大断崖《グレート・クリフ》』で遮られてるから、ここまで流れてくるとは思えない」

グレート・クリフ（大断崖《だいだんがい》）。このカリアエナ島の北西岸にある巨大な断崖のことだ。最大の高さは一五〇〇メートルを超える。超空間ゲートによって切り取られた、かつてのカリアエナ半島の山岳地帯である。

「ふむ……」

狼。

スカーレット伍長《ごちょう》。

二つの言葉がマトバの心の中でぐるぐると回る。忌《い》まわしい戦争の記憶。泥沼の狂気の中に置いてきたはずだ。

いまの仕事には関係がない――。

そこでティラナが言った。

「『香り《ブラニイ》』が感じられる」

「例の魔法の香りか」

「そうだ。この死者――スカーレットを殺した何者かは、術《ミルディイ》を使ったようだ。それがなにかはわからぬが……」

「こんな面《ツラ》なのと関係はあるか?」

いまさら魔法の実在について云々《うんぬん》する気はない。眉《まゆ》をひそめたベイ巡査部長は放っておいて、マトバは彼女にたずねた。

「その死に顔とは関係がないだろうな。この男は心底おびえていたのだ。時間をかけ、たっぷりと」

「ふむ」

「おまえたち地球人《ドリーニ》の武器は、あまりに一瞬で命を奪いすぎる。だから違和感を覚えるのだ。普通なら、死者はこれくらい苦しみ、おびえ、もがくものだと思うぞ。とりわけ狼《ヴエラム》に、生きたまま五体を引き裂かれたのならな」

なかなか興味深い意見だった。

そういえば――マトバは思い出した――分速四〇〇〇発の弾丸をぶちかますガトリング式のM134機関銃《きかんじゅう》には通称がある。『無痛《ペインレス》ガン』だ。食らった者は痛みを感じる暇《ひま》もなく絶命するという威力に由来する。

これはある意味、近代兵器全般についていえることかもしれない。効率的な破壊力と殺傷力。死ぬときはほとんど一瞬だ。もちろんそうではなく、苦しみぬいてからあの世に行く者もいるだろうが――それは皮肉な意味で、近代医学のなせる業《わざ》ともいえる。

現代兵器はその威力ゆえに、剣や弓矢ほどの時間をかけずに命を奪う。フランス革命で猛威をふるったギロチンなど、当時はむしろ人道的で科学的な処刑方法だとされていたくらいだ。

死にゆく者は苦しむのが当然。

つい最近まで、刀剣類や鈍器《どんき》、刺突《しとつ》武器で敵を殺傷するのが当たり前だったセマーニ世界の住人なら、こう思うのも不思議はないだろう。

案外、地球でも数百年前の戦死者たちは表情豊かだったのかもしれない。

「だが、まだ狼《おおかみ》と決まったわけじゃない。熊かもしれん。凶暴な奴《やつ》は、こんな感じで獲物《えもの》を引き裂くらしいぞ」

「いや、それも考えにくい」

マトバの考えを、ベイが否定した。

「熊もこの辺りには棲《す》んでいないし、もしいても、人を襲《おそ》う前に家畜や倉庫をまず荒らす。必ず通報が来ているはずだ」

「それだったら、狼《おおかみ》だって同じだろ」

「地球の狼ならそうかもしれない。だが、わたしの世界の狼《ヴエラム》は違う。彼らはもっと賢い。先に狩り場を荒らさず、狙《ねら》った獲物《えもの》へ確実に忍び寄る」

「…………」

「これは狼《ヴエラム》の仕業《しわざ》だ。だが普通の狼《ヴエラム》より大きいと思う」

「大きい。体重は?」

「わからぬ。わたしは狩人《かりゅうど》ではないからな。でも……傷を見れば、牙《きば》の間隔が大きいことくらいはわかる」

「いずれにしても、ヤクがらみというわけではないみたいだな。風紀班《あんたら》はもう帰ってくれていいよ」

話は終わりだとばかりに、ベイが言った。

「待て。これはただの野獣《やじゅう》の仕業ではない」

ティラナが言うと、ベイは眉《まゆ》をひそめた。

「なにを言ってる? たった今、あんたが狼の仕業だと言ったばかりだろう? 地元のハンター、動物駆除《くじょ》業者、あれやこれや……いますぐ手配しなきゃならん。無差別に人を襲《おそ》うんだったら大変だ」

「無差別ではない。わたしは『匂い《ブラニィ》』がすると言った」

「ブラニィ？」

その単語がぴんとこないようで、ベイはマトバに『このお嬢さんは何を言ってるんだ？』と、助けを求めるような視線をよこした。

「あー、いや、いいんだ。そちらは通常の手続きで進めてくれ。うち《バイス》はいくつか確認してから、退場させてもらうから」

「そっ……」

「行こうぜ。スカーレットの自宅を見よう」

抗弁しようとするティラナの背中を押して、マトバはスカーレット伍長《ごちょう》所有のトレーラーハウスへと向かった。


二人きりになったとたん、ティラナは不平をこぼしはじめた。

「ケイ。なぜあの警部補にわたしの意見を説明しなかったのだ？　あの男を殺した何者かは、ラーテナを帯びていたはずだ。野生の獣《けもの》とは違う。普通の捜索で発見できるとは思わない」

「人を喰《く》い殺したケダモノがいるのは事実だろ」

トレーラーハウスの戸口をふさぐ黄色いテープをくぐり、マトバは言った。

「ベイの最優先は、地域の安全を守ることだ。そのケダモノが無差別に人を襲ったのかどうかは、後で判断すればいい。いまの段階で口を挟むのはうまくない」

「危険な魔物だぞ。下手《へた》をしたら、地球人《ドリーニ》の狩人《かりゅうど》にも被害がでるかもしれない」

「じゃあ、どんな警告をすりゃいいんだ？　『危険な魔物』だから気をつけろ、と？　おまえにそれ以上、なにか言えるのか？」

「それは……」

ティラナは口ごもった。

「わたしにも、その魔物の能力はわからないが……」

「だったらいまは黙ってろよ。それに地球の肉食獣《にくしょくじゅう》だって、かなりヤバいんだ。拳銃《けんじゅう》くらいじゃほとんど役に立たないのは常識だ。プロのハンターならちゃんと心得てるさ」

「だが……」

「それより現場を荒らさないように気をつけろよ。ひどい散らかりようだからな」

乱雑なトレーラーハウスの中を、注意深く歩いていく。床《ゆか》には空《から》のビール瓶《びん》やピザの箱が散乱していて、ひどい匂《にお》いだった。これは事件で散らばったのではなく、もとからこういう生活だったのだろう。

ベイの言うとおり、女の遺体はもうなかった。キッチンのそばにチョークでシルエットが書き込んであるだけだ。

バラバラのスカーレットに比べれば、娼婦《しょうふ》のシルエットはまだまともだった。もっとも、床に描《えが》かれた頭の部分から広がる大量の血痕《けっこん》を見れば、こちらもろくな死に方ではないことがわかる。顔や頭を何度も強打され、自分の血だまりに溺《おぼ》れるようにして死んだのだろう。

ベイからもらった所見によれば、女の名前はエイダ・キャンベル。三一歳。

一年くらい前に風紀班の手入れでしょっぴいたことがあるそうだったが、マトバはこの女のことは知らなかった。彼と当時の相棒リックは、別件の捜査があって参加しなかったのだ。その後、エイダは不起訴《ふきそ》で釈放となっている。

たぶん、同僚のキャミーかジェミーならなにか知っているかもしれない。だが見たところでは、このエイダはたまたま運悪く、表でバラバラになっている元戦友に街角で拾われて、この場に居合わせたようにしか見えなかった。

殴り殺される前になにがあったのか？

それも大方想像はつく。行為の後か最中に、なにかの諍《いさか》いがあったのだろう。カネの支払いか、プレイの内容か、なにかの不具合を笑われたか。そして逆上した男が、銃《じゅう》の台尻《だいじり》で殴った。何度も、何度も、全力で。

その見解をかいつまんで話すと、ティラナは吐き気をこらえるようにせき込んだ。

「最悪《ケーニシエバ》だ」

ファルバーニ語でつぶやく。

「ここは掃《は》き溜《だ》めだ。地獄の底で、汚《けが》らわしい虫同士が互いの身を食らい合っている」

「よくある話さ」

うつろな声でマトバは言った。

「風紀班《うち》にしょっぴかれてなければ、彼女はアルハンブラの街角に立つこともなかっただろうな。サンテレサ市で商売できなくなったんだから。まあ……遅かれ早かれ、似たようなことにはなっていただろうが」

「よくある話。これがか？」

「ここまではな。問題はその後だが」

マトバは立ち上がり、マグライトで周囲を照らした。キッチンの上には白い粉末。安物のドラッグだ。見ただけでは種類などわからないが、少なくともベークド・パウダーや砂糖ではないだろう。

「安ドラッグでハイになって、女を殴り殺して、錯乱《さくらん》して戸外へ。ここまではわかる。だがその後、狼《おおかみ》だか何だかに食い殺された。銃《じゅう》は持っていたが、一発も発砲《はっぽう》していない」

ベイのメモには、近隣住民はだれも銃声を聞いていないと書いてあった。

「確かに奇妙だ。おまえの戦友だったのだろう？　だが、まるでチンピラだ」

「そうだな。まるでチンピラだ。だがまあ……それもよくある話だ。昔はいっぱしの兵士だったが、その後に退役《たいえき》して、酒とクスリに溺《おぼ》れて、自分が何者だったのかも忘れてしまう。それこそ、銃の撃ち方さえも」

いや。

本当にそうだろうか？

「こうはなりたくないものだな……」

「そりゃあそうだが、俺《おれ》だっていつどうなることか」

「おまえが？　おぞましいことを言うな！　こんな……」

そこまで言って、ティラナは黙り込んだ。妙に過剰《かじょう》な反応だったが、理由はよくわからなかった。

「別にこういう生活を是《ぜ》だと言ったわけじゃない。人生、なにが起きるかわからんって言っただけさ」

「……だが、さすがにこれはないだろう」

「そりゃ、そうだけどよ。おまえ、なにムキになってるんだ？」

「別に。知らぬ」

「？」

部屋の奥を探ってみる。すでにめぼしい物はベイたちが見つけており、真新しい発見はないようだった。

だが奥の壁の写真がマトバの目を引いた。

スカーレットの軍隊時代の写真が、たくさん張り付けてある。彼の所属していた空挺《くうてい》師団のバッジも。

どこかの駐屯地《ちゅうとんち》――たぶんノースカロライナのフォート・ブラッグ――で記念撮影する、訓練キャンプの同期生たち。キャンプ・ペンドルトンでの海兵隊との合同訓練。日本の自衛隊との合同演習に参加したこともあるのだろう。沖縄観光でのチームメイトとの乱痴気《らんちき》騒ぎ。富士山をバックにした一枚もある。

セマーニ世界での作戦中の写真も多い。ファルバーニ王国の辺境、フォート・バレルでの数枚。あの基地はマトバもよく知っている。自分が所属し、全滅《ぜんめつ》したティブラ駐屯地の五〇キロ北西にあった。生き残りの戦友ともはぐれたマトバは、たった一人であのフォート・バレルまで歩いたのだ。

陰鬱《いんうつ》な沼地と、不潔な男たちの笑顔《えがお》。

どの写真も暗く、疲れ切っている。あの場にいたマトバにとっても当然の光景だった。

トロフィーも飾られていた。セマーニ人の耳で作ったネックレス。見たこともない、なにかの偶像。

その壁の一面は、彼にとっての神棚のようなものなのだろう。地球の神に見放されて、異境の神々に鞍替《くらが》えでもしたのか？

「これはモイラ神の像だな」

と、ティラナが言った。

「戦いの神だ。勇猛《ゆうもう》で、冷酷で、ことさら血を好む」

「戦神なら、おまえがいつも信奉《しんぽう》してる……なんとか言う神様。なんだっけ?」

「キゼンヤ」

「そう、それ。そのキゼンヤとは違うのか?」

「違う。キゼンヤ神は慈悲深い秩序の守り手だ。モイラ神は混沌《こんとん》の運び手とされる。どれも等しい、いと高き神だが……唯一《ゆいいつ》の神を信じる地球人《ドリーニ》には、よくわからんだろうが」

「多神教は地球にもある。俺《おれ》の祖国もそうだ。神なら八百万《やおよろず》もいるぞ」

「なんだそれは?　でたらめな」

ティラナが眉《まゆ》をひそめた。多神教のセマーニ人ですら、日本の宗教観には違和感を覚えるようだ。

「でたらめなのがいいんだよ。おかげで異教徒と揉《も》めないですむ。たくさんいる神の一人だってことで、なんでも片づけちまうからな。異教徒の神の子の誕生日さえ、宴会のネタにして祝っちまうくらいさ」

「ふうむ。それは……『ユニーク』だ」

ティラナにはえらく新鮮なものの見方だったようだ。彼女は胸に拳《こぶし》をあて、黙り込んだ。セマーニ人が熟考《じゅっこう》するときの典型的な仕草だ。

「宗教論争なんざどうでもいい。そのモイラ神とやらを、こんな掃《は》き溜《だ》めで祭ってた地球人について、なにか見解はあるか?」

「そうだな……。地球人《ドリーニ》がわれわれの世界の神を信奉《しんぽう》するのは、すこし奇妙だ。たいてい、おまえたちはわれわれの文明を見下すから。だが、絶無ではない。それに……なんというのか……」

ティラナは言葉を探すように、天井を見上げた。

「そう、ファッションだ」

「ファッション?」

「新しいものに心酔《しんすい》して、宗旨替《しゅうしが》えをするような人間は、わたしの世界にもいる。おまえたちのキリスト教やロックンロールは物珍しいから、没頭《ぼっとう》する若者は多い」

いやはや、ロックンロールも宗教か。まあ、的確な表現ではある。

「旧《ふる》くからある神に反発して、新しい神に飛びつく者がいるのは、感心はせぬがありうることではないか? とりわけ、これまで信奉してきた神に見捨てられたと感じている者には」

「なるほど、ロックンロールね」

こういうときのティラナは、本当に的確に物事をとらえてくれる。マトバは苦笑がこぼれるのをこらえきれなかった。

「なぜ笑う。バカにしているのか」

「いや、感心したのさ」

「いいや。そうとは思えぬ。いまの笑いは、わたしを無知な小娘のように——」

「あー、違うってば。めんどくせえなあ」

あたりに飛んでいる蝿《はえ》を追い払うように、マトバは手を振った。

「本当に？　感心したのか？」

「本当に。感心したよ」

「……ならばよいが」

ティラナはなにやら得心《とくしん》したように、落ち着きを取り戻した。

「いつも言っているが、おまえは態度が悪いのだ。もうちょっと話し方を工夫せよ」

「へいへい、すみませんね。それよりほかにはないのか？　そのモイラって神の教条やらご利益やら」

「そうだった。それを最初から話そうと思っていたのだ」

「だから、なんだよ」

「われわれの神には、それぞれ聖獣《せいじゅう》がある。わがキゼンヤ神は雄牛《オーク》。正義を司《つかさど》るルバーナ神は鷲《ネーグ》。そしてモイラ神の聖獣は、狼《ヴェラム》だ」

「ヴェラム。狼《おおかみ》だと？」

言われてみれば、目の前に祭ってある神像は、見ようによっては狼にも似ている。いまティラナがこう言うまでは、先っぽがちぢれたペニスの化け物みたいにしか思えなかったが。

狼《おおかみ》を聖獣《せいじゅう》と定めるモイラ。その神を奉ずる地球人の男が、（おそらく）狼によってズタズタにされた。

まだなにもわからない。

わからないが、これは無視できない話だった。

「……おまえ。そういうことは先に言えよ」

「言うつもりだったのだ！　それをケイが、あれこれ口を挟むから——」

「あー、すまん、すまん。ほかには……なにかないか？」

「ない」

きっぱりとティラナが言う。

「あっそ」

「ないが……わたしから聞きたい。これはどういう意味だ？」

壁にサインペンで描《えが》かれたデタラメな模様を、ティラナは指さした。

「この落書きが、どうしたんだ？」

「文字のように見える。ファルバーニ語だ。イ……オ……タ……？」

「？」

「『イオタ』。そのあとは……イオタの怒り？　そう読めるのだが」

イオタの怒り。

何のことだか、マトバにはもちろんわからなかった。

スカーレットの部屋から、それ以上気になるものは見つからなかった。マトバとティラナはその後、郡病院に移動してエイダ・キャンベルの死体と対面したが、現場で推測されたとおりの殺され方だとわかったくらいで、なにかの示唆《しさ》は得られなかった。

ローカル・ニュースでも『正体不明の猛獣《もうじゅう》』とその被害者について取り上げられはじめている。地元のハンターが総動員され、効率的な山狩りが行《おこな》われているそうだ。犠牲者《ぎせいしゃ》は増えていないものの、外出はなるべく控えるようにキャスターが呼びかけていた。

わからないことだらけだったが、少なくとも市警の風紀班《バイス》が出張《でば》るような事件ではなさそうだ。今ごろ自宅で熟睡しているジマー主任に電話をかけて、いやがらせの長ったらしい報告でもしてやりたいところだったが、その前に自分のほうが眠ってしまいそうなのでやめておいた。

「帰るか……」

「そうだな……」

保安官事務所のベイに断《ことわ》りを入れ、なにか進展があったら連絡を取り合おうと確認し、マトバとティラナはサンテレサ市に帰ることにした。

とはいえ運転はマトバだ。五〇年以上前のシボレー・コルベットは電子制御などとは無縁だし、ティラナに運転させるなどもってのほかである。せめて一時間でも仮眠してから帰ろうかとも思ったが、あんなむごたらしい死体を見たせいか、不思議と目は冴《さ》えていた。

「大丈夫なのか?」

「わからん。眠くなったら、すまんが路肩《ろかた》で仮眠をとる」

はたして、そのとおりになった。

アルハンブラ保安官事務所を出発してから一〇分もしないうちに、マトバは瞼《まぶた》が猛烈に重くなるのを感じ、その一〇分後にはギブアップした。

「すまん。すこし寝させてくれ」

「だと思った」

真っ暗なフリーウェイの路肩に車を止めている。エンジンを切ると、びっくりするほどの静寂があたりに訪れた。

虫の鳴き声。遠くの海岸の波の音。

時刻は午前の四時くらいか。日の出まではまだ時間がある。

マトバは座席に身を沈めた。リクライニングのシートだったならよかったのだが、あいにく五〇年前の車だ。そこまで気のきいた機能はなかった。

「三〇分でいい。起こしてくれ」

「好きにせよ」

背後で小さな光。ティラナがペンライトか何かを点灯したのだろう。本でも読んで時間をつぶすつもりらしい。スマホの電子書籍は、まだ彼女には扱いが難しい。

「頼んだぞ……」

「さっさと寝ろ」

彼女の言葉どおり、マトバはさっさと寝た。眠くて眠くて仕方がなかった。

「…………」

だから彼女に肩を揺すられ、目を覚ましたとき、最初はもっと不機嫌なうなり声をもらそうとした。

「ケイ……！」

緊迫した、ひそかな声だ。

マトバは寝ぼけるのをやめた。時計を見る。まだ二〇分くらいしかたっていない。

「どうした？」

「車を出せ。いますぐ」

「なに？」

「はやく……！」

彼女がふざけているわけではないことは、すぐにわかった。キーを回す。現代の自動車のように、エンジンは一発でかかってくれない。いらいらするような悠長さで、スターターのキュキュキュという音が、無人のフリーウェイに響きわたる。

「急げ……！」

「待て。いったいなにが――」

「狼《ヴェラム》がくる。急げ……！」

「狼《おおかみ》？　なにを――」

眉《まゆ》をひそめ、キーをひねる。スティングレイのV8エンジンと、狼の咆哮《ほうこう》は同時だった。ごく間近から聞こえてくる、獣《けもの》の声。

「出せ！」

ここで惚《ほう》けて待っていたら、ヤバいことだけはわかった。

すばやくシフトレバーを操作し、車を急発進させる。砂利《じやり》を蹴立《けた》てるタイヤの音。エンジン音がやたらとやかましい。派手《はで》だが、しょせんは現代の車には及ばない。まったくのんきな発進だった。

夜明け前。

東の空が明るくなり始めている。しかし正面は高めの丘陵《きゆうりよう》地帯で、セマーニ産の平凡な木々が生い茂り、あたりはまだ薄暗闇《うすくらやみ》におおわれている。道路にほかの通行車はまったく見あたらない。

「おい、どういうことだ？」

「わからぬ……！」

すでに長剣《クレーゲ》を抜き、背後をにらみながら、ティラナが言った。

「わからん？　いったい――」

「だがケイも聞いただろう。あの声は」

「狼か？　確かに聞こえたが……」

姿はなかった。いまこうしてバックミラーをのぞいても、そんな獣の姿はどこに映っていない。

「わたしも姿は見ていない。だが聞こえたのだ。狼《ヴェラム》の息づかいと足音が。そして、あの匂い《ブラニィ》が――」

「！」

その瞬間、車体が大きく震えた。

ケツを横合いからひっぱたかれたような感触。ステアリングを握って運転しているマトバには、車体後部になにか重たいものがぶつかったように思えた。だがこの車も重い。そう簡単に弾き飛ばされるようなものではない。すぐに進路を失うわけではなかったが――。

「体当たりされている！　逃げろ！」

「体当たり？　なにが？」

「狼だ！」

「冗談じゃない。八〇マイルは出てるんだぞ!?　いったい――」

どんな動物が。

そう怒鳴ろうとしたとたん、もう一度、重たい衝撃《しょうげき》が車体を襲《おそ》った。

ありえない。世界最速の哺乳類《ほにゅうるい》といえばチーターだが、そのトップスピードだって時速一〇〇キロちょっとだ。いまマトバたちの車は、時速一三〇キロで突っ走っているところだった。旧《ふる》くても往年のスポーツカーだ。決して狼《おおかみ》に負けるような鈍足《どんそく》ではない。

「もっと飛ばせ！」

「飛ばしてる！」

コルベットは加速している。すでに一六〇キロ。こんな時間にハイウェイ・パトロールが張り込んでるわけがなかったが、もしいたらサイレンを慣らして追いかけてくるスピードだった。

「遅い！　奴《やつ》らが来るぞ！」

「ふざけるな！　一〇〇マイルは出してる！　それに狼なんてどこにいるんだ!?」

「すぐそこだ！」

ティラナはオープンカーの座席から立ち上がり、長剣《クレーゲ》を抜き放った。風にたなびき、はげしく揺れるブロンドの長い髪。なにかの呪文《じゅもん》を詠唱《えいしょう》する。毎度の筋力の増強か、それとも別のなにかの魔法か――。

「おい！」

「そのまま走れ！」

言われなくても、マトバはそうするつもりだった。自分も銃《じゅう》を抜き、敵を撃つべきかとも思ったが、いまの状況ではそれが役には立ちそうになかった。

なにしろ敵が目に見えない。音だって、時速一六〇キロの風を切って進む世界では、たいしたことはわからない。

だが気配だけは彼にも感じられた。

なにかが——ひどく危険な存在が、いまもなお追いすがってくる。信じられないことだが、おそらく狼が迫ってくる。耳には聞こえない足音が、ひたひたと間近でアスファルトを打ち鳴らしている。

そうだ、いま——。

跳ぶ気なのではないか？

「！」

ティラナがなにかを叫び、裂帛《れっぱく》の気合いとともに長剣をふるった。

すぐ背後、後頭部に冷や水をたたきつけられたような、ぞっとする絶叫。

苦痛と怒り。

その塊《かたまり》が路面にたたき落とされ、ごろごろと転がって、あっという間にはるか後方へと遠ざかっていく。

「いまのは……？」

「まだ来る！」

別のなにか——車体の左側を並走していたなにかが跳んだ。バックミラーにはなにも見えない。だが、跳んだのだ。おそらくは、自分かティラナの喉頸《のどくび》を狙《ねら》って。

「ギゼンヤよ！」

ティラナの長剣が閃《ひらめ》いた。

マトバの視界の片隅で、銀色の光が瞬《また》き、彼の背中に名状《めいじょう》しがたい獣《けもの》の叫び声がたたきつけられた。

悲鳴もあげなかったし、ステアリングを握る指はゆるぎもせず、コルベットはなおまっすぐに加速を続けていたが、それでも彼は恐怖を感じた。

根源的な恐怖。

ひ弱な霊長類《れいちょうるい》の遺伝子に組み込まれた、牙《きば》を持つ四足の種族への恐れ。

ほんの一瞬だ。その瞬間ですら、マトバは自分の銃《じゅう》の位置と残弾の数は忘れなかった。それでも彼は、直感的に『この敵には勝てない』と感じた。

だが、逃げるのには成功したようだ。

彼の愛車は突進を続け、いまやその時速は二〇〇キロに迫ろうとしていた。そして彼らを襲《おそ》った何者かは、ティラナの斬撃《ざんげき》を受けて負傷、あるいは転倒して、少なくとももはや追撃を続けることは不可能となりつつある。

目には見えない。だが、おそらくは間違いなかった。

「どうやら、振り切ったようだ……」

長剣を鞘《さや》に収めて、ティラナは助手席に腰を落とした。その小柄な体にしては、やけに重たげな仕草だった。

「大丈夫なのか？」

「ああ。……もう……気配は感じない」

「違う。おまえだ」

「わたしか？　わたしはいい。そのまま走れ」

重苦しい声。マトバはうすら寒いものを感じた。

「すくなくとも……次の……町くらいまでは……」

ティラナの上体がぐらりと揺れ、こちらに倒れかかってきた。昔の車だ。運転席と助手席を隔《へだ》てるシフトレバーはない。

「おい――」

彼女を支えようと腕をつかむと、指先がべったりと濡《ぬ》れた。この感触は――血だ。薄暮《はくぼ》の中でもすぐにわかった。

「怪我《けが》してるじゃねえか!?　待ってろ。いま見てやるから――」

「車を止めるな……！」

減速して路肩《ろかた》に停車させようとしたマトバに向かって、ティラナは鋭《するど》く言った。

「走り続けろ。わたしは……大丈夫だから」

「くそっ。いったいなんだってんだ」

スロットルを踏み込み、マトバは悪態をついた。

行く手の稜線《りょうせん》がきらりと光る。日の出だ。美しい朝日がボンネットに差し、彼は目を細めた。なんの根拠《こんきょ》もないのに、彼は『もう大丈夫だ』と思った。その朝日を、西部劇の騎兵隊の到着のように感じた。

コルベットのV8エンジンがやかましい。そのせいではっきりとしなかったが、まだ遠吠《とおぼ》えが聞こえたような気がした。


マトバはまともな病院のある中で、いちばん近いロディックという町にティラナを運び込んだ。だが当直の救命医は医大を出たばかりの若者で、彼女の怪我《けが》に困惑するばかりだった。これだったら軍であれこれ訓練や経験を積んでいるマトバのほうがましなくらいだ。医師の診察にあれこれ口を挟みたい衝動《しょうどう》に駆《か》られたが、すぐに命にかかわるような怪我ではないことはわかっていたので、ぐっとこらえて黙っておいた。

ティラナは左の肩から上腕部《じょうわんぶ》にかけて裂傷《れっしょう》と打撲を負っていた。

傷を見たが、嚙《か》みつかれたのではなく、鋭い爪《つめ》を持った前脚で殴りつけられたのだろう。出血はすでに止まっており、専門の血管医が必要になるわけではなさそうだった。

　命に別状はないだろう、とその若い医師は言ったが、どうだかわかったものではない。なにしろ正体不明の狼《おおかみ》に襲《おそ》われたのだ。謎《なぞ》の病原菌に感染していたっておかしくない。マトバは状況を詳しく説明して、『経過をしっかり見守ってくれ』と言った。

「もちろんです、刑事さん。そこは信用してください」

　救命室の外で、その若い医師は言った。へつらうようなその口調《くちょう》に、マトバはなぜか強い苛立《いらだ》ちを感じた。

「おい。安請け合いなら、やめてくれ」

「まさか。そんな気は――」

「なにか不手際があったら許さんぞ。『残念ながら』だとか『お気の毒ですが』だとか、そういう台詞《せりふ》は絶対に聞きたくない。あんたがもし、その手の言葉を口にしたら、その瞬間に俺《おれ》はあんたを撃ち殺す。そのつもりで、目を離さずにいてくれ」

　自分でも理不尽《りふじん》なことを言っているのはわかっていた。寝不足、疲労、強いストレス。本当だったら手近な椅子《いす》でも蹴《け》り飛ばして、わめき散らしたいくらいだった。

　気の毒な青年医師は、マトバの剣幕に気圧《けお》されながらも、精いっぱいの威厳をたもって胸を反《そ》らした。

「はい。でも、だったら、僕の仕事は邪魔しないでください。あなたに撃ち殺される心配のせいで、機材の操作を間違えたり、薬の種類や量を間違えてほしくないでしょう?」

「ああ……」

「いえ。彼女が大事なんですね。それはよくわかりました」

「いや、俺《おれ》は——」

「あなたは向こうで休んでいてください。ひどい顔ですよ」

「ああ……そうだな。すまない、先生」

「いいんです」

それだけ言って、医師は引っ込んでいった。

もちろんマトバは彼を撃ち殺す気なんてなかった。問題は、なぜ自分があそこまで動揺したのか——そのわかりきった理由だった。

「くそっ」

まったく、みっともない真似《まね》をしてしまった。そこらの新兵のガキじゃあるまいし。俺はなにをジタバタしてるんだ?

いまいましい気分で待合室まで歩き、自販機のコーヒーを買ったところで、ベイ警部補から電話があった。すでにアルハンブラ保安官事務所には、事の顛末《てんまつ》を知らせてある。襲撃《しゅうげき》を受けたおおよその地点もだ。

ベイはすぐに交通規制をかけて、大勢のハンターを向かわせていた。

『いま現地にいる』

と、電話の向こうでベイが言った。

『すまないが、もう一度確認したい。時刻と、場所と、状況を』

「それならさっき知らせたとおりだ」

『あんたが混乱していたのかもしれないと思ってな、マトバ。時速一〇〇マイルで飛ばしてたのに、狼《おおかみ》に飛びかかられたと言ってたな?』

「ああ、そのとおりだ」

『それを信じろってのか?』

「まあ、そう思うよな」

自分だってベイの立場だったら簡単には信じなかっただろう。とはいえあの出来事は事実だ。ティラナは爪《つめ》にやられて治療を受けているし、コルベットの車体にも傷が残っている。

「俺が寝ぼけてたか、ヤクでもやってたんじゃないかと疑ってるんだろう?　それなら、いますぐあんたの部下をこっちの病院によこしてくれてもいいんだぜ。血液検査でも精神鑑定でも、なんでも受けてやる」

『そこまでは言ってないが……』

「俺だってこんな話はしたくなかった。だが危険なんだ。あの化け物にだれかが殺されてから警告したんじゃ、遅いだろう。なにしろここはカリアエナ島だ。元はどこかの別の惑星だった土地なんだぞ」

魔術師に吸血鬼。奇妙な魔法の物品の数々と、これまであれこれ出合ってきた。そもそも自分の相棒からして、あれこれ小さな魔法を使う。いまさら時速一〇〇マイルで走る、目に見えない狼《おおかみ》が出たからなんだというのか。

『あんたがまともか確認したかったまでだ。それに、もう危険はないと思う』

「なぜそう言い切れる?」

『狼の死体を見つけた』

と、ベイはそっけなく言った。

『あんたの報告した路上に血痕《けっこん》があったんだ。たどってみたら、三〇〇ヤード南の茂みで、死んでいた。喉《のど》から胸まで、ばっさり斬《き》られてるよ』

「……なんだって?」

『いまでも私の足下に転がってるぞ。まあ……あんたの相棒の言ったとおりだったな。とんでもなくデカい奴《やつ》だ』

まだハンターや保安官事務所が周辺を捜索しているが、もはや脅威《きょうい》がないということで見解は一致しているとのことだった。もうすぐ交通規制も解除される見通しだ。

『あとで迎えをよこすから、こちらの現場に来てくれ。状況を説明してもらうことになると思う』

「わかった」

ベイとの電話を追えて一〇分ほど待っていると、看護師が来て『会えます』と告げた。

病室に行くと、ティラナがベッドに横たわっていた。目を閉じていたが、こちらの気配を感じたのだろう。彼女は弱々しく首をめぐらせ、こちらを見た。

「ケイ……」

「具合はどうだ」

彼女は朦朧《もうろう》としていた。治療のせいか、疲労のせいなのかはわからない。

「面目ない。わたしとしたことが……」

「もういいんだ。それに、どうやら終わったらしい」


それから一時間としないうちに、風紀班の同僚、キャメロン・エステファン刑事とジェミー・オースティン刑事が駆《か》けつけてくれた。この町はサンテレサ市からすぐの距離だ。

二人の女刑事はティラナに手傷を負わせた化け物と聞いて、ごっついベネリのショットガンと、大容量のドラムマガジン付きM4カービンまで持参してきた。着の身着のまま飛び出してきたらしく、普段の潜入用のセクシーな衣装ではなく、安っぽいジャージ姿とジーパン姿だ。髪もひっつめで、キャミーにいたっては野暮《やぼ》ったい黒縁の眼鏡《めがね》までかけている。そういえば彼女は近眼だった。なんにせよ、生活に疲れたスーパーのレジ打ち係のオバハンだって、もうすこしめかしこんでいるものだろうに。

鼻息も荒いキャミーとジェミーに、『あいにくそんな銃《じゅう》の出番は来ない』とマトバが告げると、二人はひどく失望した様子だった。

不満そうな二人にティラナを頼むと、マトバはアルハンブラ保安官事務所から派遣されてきたパトカーに乗り込んだ。彼の愛車のほうは、今朝《けさ》の襲撃《しゅうげき》で受けた『損傷』を鑑識チームが検証しなければならないので、病院の駐車場から動かすことができなかったのだ。とはいえ『損傷』といっても、深夜の通販番組のいかがわしい道具でも修繕《しゅうぜん》できてしまいそうな、ごく軽微《けいび》なものではあったのだが。

とはいえ保安官事務所直々《じきじき》のありがたい護送だ。現場までの数十分間、マトバは後部座席で気分よく高いびきをかかせてもらった。

目を覚ますと現場のフリーウェイのすぐそばだった。すでに交通規制が解除されており、車線は制限されていたが大小の車が行き交っていた。

上空を旋回《せんかい》するヘリの音がやかましい。車を運転してきた若い保安官代理の話では、サンテレサ市の報道関係だろうという話だった。

たとえ望遠カメラでも、顔を撮られるのは困る。

マトバは特別風紀班の刑事だ。この顔で囮《おとり》捜査もやっている。あのヘリを追い払わない限り、このパトカーからは絶対に出ていかないと告げると、一〇分少々待たされた。ベイやその他の部署が骨を折ってくれたのだろう。報道ヘリが遠ざかっていく。

「蠅《はえ》どもめ」

保安官代理が毒づいた。

「蠅ならいいさ。殺虫剤をかけても、誰も文句を言わない」

保安官代理が笑ったが、マトバはにこりともしなかった。

こんな報道合戦は、若い彼には珍しい体験なのだろう。しかしマトバにとっては、ああいう報道関係者の傍若無人《ぼうじゃくぶじん》な振る舞いは、自分や同僚の命を危険にさらす、現実的な脅威《きょうい》のひとつだった。

念のためにトムフォードのサングラスをかけて、パトカーから降りる。

このサングラスはただのファッションではない。五月が近いこの季節から、低緯度に位置するカリアエナ島の日差しは、午前でもきつくなる。東洋人の自分の目は、白人に比べてまだ日光に強いほうだったが、それでもサングラスは手放せない。特に白色の強いアスファルトの上に立つと、目を開けているのもつらいくらいなのだ。

フリーウェイの路肩《ろかた》、保安官事務所の車両のそばでベイが仕事をしていた。昨夜会ったときと同じ服装で、同じポーズだ。前よりは眠そうだったが、嫁さんの不機嫌を心配しているわけではなさそうだった。

「こっちだ」

挨拶《あいさつ》もない。ヘリの件にも言及《げんきゅう》しない。ベイはただ顎《あご》をしゃくっただけで、さっさと歩き出した。愛想《あいそ》のかけらもないが、マトバにとっては好感のもてる職務態度だった。最初に抱《いだ》いた『小ジマー』という印象は、あながち間違っていなかったのかもしれない。

「あそこの路上に血痕《けっこん》。それが点々と北側に続いていって……向こうの茂みに向かっているだろう」

「ああ」

「足跡がわかるか？　ここらの地面は乾いているから、ちょっとわかりにくいが……」

「いや、まあ、わかる。でかいな」

「そうだ。でかい。それに、これは狼《おおかみ》に間違いない。オレゴンで三〇年もハンターやってた爺《じい》さんが言うには、すでに致命傷《ちめいしょう》を負っていて、右の前脚を引きずっている歩き方だそうだ。私にはさっぱりだが」

　むしろオレゴンで三〇年も暮らしていた老練のハンターが、なぜこのカリアエナ島の、しかもアルハンブラくんだりなんかに移住したのかが気になったが、マトバは頷《うなず》くだけにしておいた。

「で、その狼は？」

「向こうの茂みだ」

　案内されると、確かにその茂みには狼が横たわっていた。

あまりにデカいので、最初は熊かと思った。

だが、狼だ。

灰色の体毛。細長い頭部。右半身を舌にして、ぴくりとも動かない。えらく長い舌が、牙《きば》だらけの口からたれ落ちている。そしてその死体の上空数十センチをぶんぶんと飛び回る、たくさんの蠅《はえ》たち。

こいつが早朝の襲撃者《しゅうげきしゃ》か――。

ベイが電話で言ったとおり、喉《のど》から胸にかけて、ぱっくりと開いた切り傷がある。ティラナの長剣《クレーゲ》によるものだということは、マトバにははっきりとわかった。

「間違いない。相棒の剣による切り傷だ」

つぶやくと、ベイはうなり声をあげた。

「あんたの相棒だから、中傷する気はない。だが……あの女の子がこんな真似《まね》をしてのけたのか？」

「毎度のことさ。これだからセマーニ人は怖い」

「ふむ。次に彼女に会ったら、もうすこし親切にするとしよう」

「いい心がけだ」

3

サンテレサ市の警察病院に移送されたティラナは、それから一週間ほど入院した。

負傷そのものはたいしたことがないはずなのだが、彼女の体力はなかなか戻らなかった。

セマーニ人は免疫力《めんえきりょく》が強い。その医師はこれまでも驚くような回復力を見せるセマーニ人の患者に出会ったことがあるそうで、その基準からするとティラナは『普通のセマーニ人』レベルなのだそうだ。

ティラナの回復が遅れたのは輸血をしなかったせいでもある。彼女自身が拒否した。これは宗教上の理由ではなく――そもそもセマーニ世界には輸血の技術がない――本人の生理的嫌《けん》悪《お》が理由だった。

任務で怪我《けが》をしたとき、最悪の場合は輸血を受け入れることに彼女は以前から同意していたが、今回は命にかかわる負傷ではない。

(だったら輸血などまっぴらだ)

と、あの若い医師にもきっぱりと拒絶を示していたそうだ。

もうひとつの入院の理由は、それなりに世間を騒がせたアルハンブラでの惨殺《ざんさつ》事件に、現状で唯一《ゆいいつ》の『セマーニ人警官』がかかわっていたことを、メディアの耳目《じもく》から避けたいという市警本部の意図があった。

本部長はいっそのこと、ティラナの存在を公表して、両世界の融和《ゆうわ》の広告塔のように扱いたい様子だったが、ジマーやその他の部長級の警官が『彼女のことが公表されると、さまざまな同僚や情報提供者に危険が及ぶ』と猛反対して、うやむやになった。

それはそうだろう。ティラナの活躍が晩飯どきのニュースで大々的に報じられたら、ありとあらゆる麻薬業者が彼女のことを知ってしまう。その相棒の『ケイ・マノベ』——マトバの風紀班でのキャリアも終了だ。それこそ、どこに行っても『デカだ！』と指をさされることになる。

ティラナが入院しているおかげで、マトバは久しぶりに気楽な独身生活を送ることができると期待したのだが、あいにくそうはならなかった。ティラナの不在の影響で、仕事が忙しくなってしまったのだ。

これまでマトバは彼女に、簡単だが退屈な仕事を押しつけてきた。防犯カメラの映像のチェックやら、証拠品《しょうこひん》の分類と記録やら。猫のクロイのために帰宅するだけの毎日で、そのクロイの世話ですら元ガールフレンドのセシル・エップスや、ニューコンプトンの近所に住む釣り友達に頼まなければならない夜が何度かあった。

そんな調子で忙しかったので、あの夜、囮《おとり》捜査で茶番をやらかした相手——ＤＥＡのエスコバル捜査官から『話がしたい』とメールが来たときも、マトバはすげなく『ヒマができたら連絡する』とだけ返信した。そんなヒマなどいつできるかわかったものではなかったうえでだ。

だがなにしろエスコバルは、こちらを『デカだ』と売ろうとした相手だ。なにか事情はあったにせよ、もう顔も見たくない。迷惑をかけたことを謝りたいのだったら、まあ聞いてやらんこともないが、別に急ぐ理由もない。

エスコバルはもう一度『できるだけ早く会いたい』とメールしてきたが、マトバは多忙にかまけて返信すらしなかった。

そうこうしているうちに、ティラナの退院の日が来た。

修繕《しゅうぜん》の済んだコルベットで警察病院に迎えにいってやると、思いのほか元気なティラナが待っていた。見舞いもしなかったので、顔を合わすのは一週間ぶりだ。

「三〇分の遅刻だぞ」

不機嫌そうにティラナが言った。元気なのと不機嫌なのは、また別だ。

「渋滞《じゅうたい》だったんだ。それにまだ九時一七分だろ。約束の時間から一七分。いくらなんでも、三〇分の遅刻じゃない」

「いやな奴《やつ》」

「朝から迎えに来てやったんだぞ？　ちょっとは嬉《うれ》しそうな顔でもしろよ」

さすがに手荷物は持ってやった。見送りに来てくれた担当の看護師に礼をいって、車のトランクに荷物を放り込む。

「ありがとう《ダーシユ・ザンナ》」

これは看護師への言葉だろう。なにしろ愛想《あいそ》がいい。

中央街《セントラル》の警察病院を出て、ブルーバー通りへ。走り出してから一分も過ぎたあたりで、ティラナはようやく口を開いた。

「それで、どうなった」

「なにがだ?」

「あの狼《ヴェラム》だ。わたしはなにも聞いていない」

「それなら言っただろ。アルハンブラ保安官事務所が、死体を見つけたって。覚えてないのか?」

あのときティラナは、負傷と出血で朦朧《もうろう》としていた。とはいえあの狼《おおかみ》のことだ。まさか忘れたとは思えないが。

「わたしが斬《き》ったヴェラムのことか? それは死んだと聞いている。まあ、そうだろう。手応《てごた》えはあった。だが……」

「一匹だけではなく、ほかにもいると?」

「わたしはそう思う。危険だ」

「おいおい、待ってくれよ。あれから被害はまったくないし、熟練のハンターが現場を見ている。俺《おれ》らを襲《おそ》ったのは、あいつ一匹だけのはずだ」

「なぜそう言い切れる?」

そう言ってから、ティラナは唇《くちびる》をかみしめた。

「わたしの未熟さゆえだ。はっきりとは言えぬが……あのとき敵は二頭だったように思う。いや、もしかしたら三頭か。いずれにせよ、安心はできない」

「だが、被害は出ていない。この一週間もだ」

マトバは強調した。

「ベイたちだってバカじゃない。あれからもちろん警戒はしてたさ。交通規制は解除したが、ハンターたちは不眠不休でほかの害獣《がいじゅう》の捜索を続けたし、住民は眠れない夜をずっと過ごした。『狼《おおかみ》が出た』と通報は何度もあったが、どれも誤報だった」

そう言ってから、彼はふと、あの有名な童話を思い出した。

『狼が出た』。

何度も繰り返しているうちに、だれも狼なんて信じなくなる。だが本当に恐ろしいのは、そうなってから本物の狼が来たときだ。そのときは、だれも狼に備えていない。ただおびえ、逃げまどうだけ。

「だが、これで終わりだとは……どうしても思えないのだ」

うつむき、ティラナが言った。

「怪我《けが》をした肩がうずくたび、わたしはあの咆哮《ほうこう》を聞くような気持ちになる」

「そいつはＰＴＳＤってやつさ」

「ビ、ビーティー……なんだと？」

「なんだっていい。とにかく仕事だ。こちとらお前がいなかったおかげで、ろくに寝るヒマもなかったんだぞ？　それだけ元気なんだったら、きっちり働いてもらわないとな」

「そうか。そうだな……」

不平のひとつでもぶつけられるかと思っていたが、ティラナの態度はおとなしかった。

「確かに、わたしはヒマだった。そのせいで、いろいろと病室で考える時間があってな」

「？」

「この街でのわたしについてだ。刑事とやらになってから、もう四か月もたつ。毎日、毎日、仕事に振り回されていたから……いまのわたしについて考える時間がなかったのだ」

彼女はすこし、黙り込んだ。マトバはあえて辛抱強く、彼女が口を開くのを待った。

「実は先日……」

「うん」

「いや、やめておこう」

「おいおい。そこまで話しといて、隠し事は勘弁してくれよ」

うんざりしたように言うと、ティラナも考え直した。

「そうだな、話そう。だが空腹だ。どこかに寄ってくれ」

「ケバブサンドでいいか？」

「ああ」

ここから数ブロック先の小さな公園の前に、いつも来ているスタンドがある。味はたいしたことなかったが、いちばん近いのはその店だった。

公園の前の路肩《ろかた》に車を止めて、ケバブサンドを二つ、それからミネラル・ウォーターも二本買う。

「もうひとつほしい」

けっこうデカいサイズなのに、ティラナはそう所望《しょもう》してきた。あきれながらも、快気祝いということにしてもうひとつ買ってやる。

車内で食うのもなんなので、園内のベンチに腰かける。待ちきれなかったように、彼女はいそいそとケバブサンドにかじりついた。

「おいしい……」

「そりゃあ、病院のメシよりはな」

日差しの強い晴れの空だったが、その公園はちょうどビルの陰に入っていたので、ちょうどいい涼しさだった。ティラナはしばらく無言で、一心不乱に食べ続けた。

ひとつめのサンドがなくなったところで、やっと彼女は一息つき、先ほど中断していた話を再開した。

「実は先日……ナヴァルマの母から手紙が届いた」

「実家からか」

ナヴァルマというのは、ティラナの実家のある土地のことだ。彼女の家は、そのナヴァルマの領主を代々つとめていると聞いている。

「手紙の大半は、ごく普通の話ばかりだった。家族や家臣たちの近況や、わたしの食生活や健康の心配など……たぶんこういうことは、どちらの世界でも変わらないのだろうな」

「まあ、そうだろうな」

「だが手紙の最後に、わたしの棄剣《ナム・クレーゲニ》についてのことがあった」

「ああ、例の」

「この地球に来たとき、わたしは一度、剣を棄《す》てた。栄《は》えあるミルヴォア騎士団《サランダ》の一員としての義務を、放棄したのだ」

「それならよく覚えてるが。そこまで深刻な話じゃないんだろ？」

「最近ではな。だが祖父の代くらいの昔では、棄剣をした騎士は役割を終えたあと、自害をするのが当然だった。いまでも珍しくはない。だがわたしは生きている。いまでもこの街にいて、曖昧《あいまい》な気持ちのまま警察の仕事をしているわけだ。ありていにいって、これは不名誉なふるまいだ」

「そう言ったって……おまえはほんの短い間、俺《おれ》に剣を預けただけだろ。だれかに迷惑がかかったわけでもないし――いや、俺だけは大迷惑だったが――とにかく、不名誉だのなんだのなんて、大げさじゃねえのか」

「いや、不名誉なのだ」

ティラナはきっぱりと言った。

「この恥ずべき境遇をどうすべきか、わたしはずっと悩んでいた。なにしろあの魔術師――ゼラーダはまだ生きているかもしれないし、それ以外にも、騎士として警官として、民を助ける義務がわたしにはある」

「めんどくさいな。こんなのは、ただの仕事《ジョブ》だよ。俺《おれ》がどんなにがんばったって、あのエイダ・キャンベルみたいな娼婦《しょうふ》を一人残らず救えるわけがない。なにしろ俺らはイエスでもギゼンヤでもないんだからな。難しく考えるなって」

「それはおまえ流の考え方だ。地球人の露悪《ろあく》趣味では、解消できない葛藤《かっとう》がある」

「ふむ」

露悪趣味か。興味深い。だがそれは地球人とセマーニ人との相克《そうこく》ではなくて、単に大人と子供の葛藤なのではないか？　セマーニ人《あいつら》だって、そこまで素朴《そぼく》じゃないだろう。

「まあ、いい。それで？　お袋さんはなんて言ってるんだ」

「ああ……そうだった。母は……わたしが帰ってくることを望んでいる。父は立場があるので、わたしを不肖《ふしょう》の娘として公言しているそうだが……実際のところは、帰ってきておとなしくしてほしいと思っているようだ。世間知らずの小娘の、一時の気の迷いということにしたいのだろう」

「ふーん……うやむやか。けっこうなことじゃないか。いい親父さんだ」

「どうだかな。よくも悪くも、父は地球的なのだ。母国の古いしきたりを、心の底では軽蔑《けいべつ》しているふしがある」

ナヴァルマの領主――つまりティラナの父親は開明的な人物らしい。ファルバーニ王国内でも外交や防衛で重要な役割を果たしていると、以前にちらりと彼女から聞いた。なにしろ、いまなお地球文明に対する偏見《へんけん》が根強いセマーニ世界の領主たちの中にあって、自分の娘に『地球語』を習得させるくらいだ。日本でいったら幕末の名臣、江川英龍《えがわひでたつ》みたいなものだろうか。

「だが、そんな父でも自分の子供が二人も棄剣《ナム・クレーゲニ》をしたという事実は、いささか困るのだろうな」

「二人?」

「わたしの兄だ。同じミルヴォアの騎士だったが、地球との戦争中に、棄剣してそのまま死んでしまった」

「あー……。それは……知らなかった。残念だ」

「ありがとう。わたしも残念に思っている」

「立派な兄貴だったのか?」

「ああ。とても。混迷の途にある王国で、次代を担《にな》う人材の一人になるだろうと言われていた。だが……命令違反を犯した。敵に協力する村の住民を、あえて逃がしたそうだ。本国からは殲滅《せんめつ》の指令が出ていたのだが」

地球の戦争でもよくある話だ。特に泥沼化した状況では。

「複雑な事情だったんだろうな」

「そうだな。わたしも詳しくは知らない。そのせいで味方に損害が出たと主張する者もいたし、兄が買収されていたという噂《うわさ》も根強い。だが、でたらめだ」

ティラナの語気が強まった。隠しきれない怒りと屈辱《くつじょく》。

（ああ、そういうことか）

ふとマトバは、彼女と初めて出会った日のことを思い出した。

あのときはひどい相互不信で、世界最悪のコンビだった。ことあるたびに意見が対立し、捜査の進展もガタガタ。我慢の限界に達したマトバは、ティラナに『実は意図して捜査の妨害をしているのか？』と詰め寄った。『本当はだれかに買収されているのだろう』とも。

そのときの彼女の憤怒《ふんぬ》はすさまじいものだった。本気で首を斬《き》り飛ばされるかと思ったくらいだ。以後もばかげた喧嘩《けんか》は絶えないが、あそこまで彼女がマトバに怒ったのは、そのときの一度きりだ。

セマーニ人にもいろいろいる。ティラナはその中でもひときわ堅物《かたぶつ》で、融通《ゆうずう》というものがきかないタイプだが、その理由の一端《いったん》がわかったような気がした。

「……兄のことはともかく、家族はわたしに帰ってくるよう促《うなが》している。心配してくれているのも、わかる。だが、どうしても帰る気持ちにはなれないのだ」

「なるほど。察するところ、遅めに来た五月病ってところなんじゃないのか」

「五月病？　なんだ、それは？」

「ああ、本当の病気じゃない。俗説さ。俺《おれ》の国じゃ、年度の始めは四月でな。新生活が始まって一か月が過ぎたころに、大きな連休があるんだ。その連休が過ぎると、みんないろいろ悩み始める。『自分はこの環境にいていいのだろうか？』ってな。だから五月病と呼ばれる」

「おまえもなったのか？　五月病に？」

「まさか。そんなにヒマじゃなかったからな。人間ヒマになると、あれこれ要《い》らないことを考え始めるんだ。つまりおまえの場合、入院生活がまずかったわけだな」

「ふむ……。ケイにしては的確な分析かもしれぬ」

「そりゃどうも」

「だが母からの手紙には、ほかにも事情があって……」

「まだあるのかよ」

「わたしも年ごろなので、そろそろ……いや、これはやめておこう」

「なんだよ。話せって」

たいして関心もない声で言うと、ティラナはふくれっ面《つら》をした。

「言わない」

「言えって」

「絶対に、言わない」

「なんなんだ、まったく」

「ばか《ラケバイ》」

公園の木々がそよ風にゆれて、心地《ここち》いい。こんな人生相談ごっこみたいなことを、こいつとするようになるなんて、最初会ったころは想像もしていなかった。

「そういえば言い忘れてたが……」

「なんだ?」

「まあ、あれだ。無事でよかった」

するとティラナはすこしきょとんとしてから、大きな目を細めてくすりと笑った。

「わかっている」

「そうかい。じゃあ言って損した」

「ふふ……」

話はそれでおしまいだった。

食事を終えて、車に戻ろうとしたところで、マトバの電話が振動した。ジマーからだった。

「主任」

『マトバ。いまどこにいる?』

「中央街のはずれです。さっき病院でティラナを拾って——」

『エスコバルが殺された。自宅で、バラバラに引き裂かれていたそうだ』

先日に揉《も》め事を起こしたDEA捜査官——ホルヘ・エスコバルの自宅はウェスト・ロックパークと呼ばれる海岸地帯にあった。

比較的に裕福な層に好まれている新興の住宅街だ。起伏《きふく》の多い半島部から、港湾部に出入りする船舶《せんぱく》が望める。ただ海が北にあるためか、波間が乱反射する太陽の光は控えめで、絶景というほどの眺望《ちょうぼう》ではない。また市内で最大のカシュダル空港に離発着する航空機のルートがそばにあるため、その日の天気によってはひどいジェットエンジンの音が近隣一帯に響きわたる。

中堅どころの麻薬業者がひそかに住むには、『いかにも』といった感じの場所ではある。DEAの潜入捜査官だったエスコバルが、この地域に居《きょ》を定めたのも考えあってのことだろう。

実際、マトバとティラナが駆《か》けつけた家の表札は、そっけない文字で『J・ロドリゲス』とあった。偽名《ぎめい》のほうだ。

すでに地元の二四分署が周辺の交通を規制している。身分を明かして現場に入ると、殺人課の刑事が二人を待っていた。

「あれが『殺人』と呼べるかどうか、怪しいところだが」

と、その刑事は言った。

「先週のアルハンブラの件は聞いているんでね。ぜひ意見を聞きたいと思ったわけだ」

「どこでやられてる?」

「寝室だ。かなりひどい。覚悟してくれ」

「ありがたいね」

いやな助言だった。

死体を見て戻すような新人ではないが、先刻食べたケバブサンドは、まだ胃の中で絶賛消化中だ。待っているはずのエスコバルが想像どおりの状態なら、吐き気をこらえるのには少し苦労することだろう。

マトバとティラナは昼下がりの日差しが差し込む寝室に入った。

想像どおりの惨状《さんじょう》だった。

エスコバルの頭はキングサイズのベッドの脇《わき》に転がっていて、右足の大部分はその反対側にあった。胴体は寝室の外——プール付きの庭に散らかされていた。血まみれのガラス片。プールの水面には臓物が浮かび、一定のリズムでゆらゆらと揺れていた。

おおむね、スカーレットと同じような死に方だ。

ただその舞台が、薄汚れたトレーラー公園か、お上品な新興住宅地かという違いくらいしかない。

殺したのはケダモノで、被害者は苦痛と絶望に支配されて死んだ。ねばつくような恐怖の空気が、あたり一帯を支配しているようにさえ感じられた。

「あの狼《ヴェラム》だ」

と、ティラナが言った。

「もはや『違う』とは言わせぬぞ。疑いなく、この男はあの狼の餌食《えじき》になっている。まさか、この期《ご》に及んで無関係な害獣《がいじゅう》の仕業《しわざ》だなどと言うつもりはないだろうな？」

ティラナの口調《くちょう》は暗かった。ここで『それ見たことか』と得意顔になるほど、彼女の神経は雑ではないのだろう。

「だとしたら……」

胸のむかつきをこらえながら、マトバはつぶやいた。

「だとしたら、ますますわからん。スカーレットとエスコバルの間には、関連なんかないはずだ。スカーレットはアルハンブラのケチなヤク中。エスコバルは——奴《やつ》の表向きの顔では——そこそこに羽振《はぶ》りのいいサンテレサの売人《ばいにん》。なぜこの二人が、同じ手口で殺されるんだ？　共通点がない。そう……二人の共通点といったら……」

背筋が寒くなるのを感じる。それを口に出すことさえ、マトバにはためらわれた。

「そう。おまえだ、ケイ」

ティラナが言った。まるで難病を宣告する医者のような口調だった。

「それが何かはわからぬ。おまえが中心かどうかも。だが、二人ともおまえと関係している。スカーレットはかつての戦友なのだろう？　このエスコバルについてはどうだ？」

「そう言われても、本当に知らないんだ」

確かにエスコバルは、ここ数日の間、マトバと個人的にコンタクトを取りたい様子だった。メールに『できるだけ早く』とも書かれていた。

とはいっても、こんな身の危険が迫っているほど切迫した内容ではなかったはずだ。もし命の危険にさらされているなら、ただ一度メールを放置されただけで、おとなしく引き下がるわけがない。風紀班のオフィスに押しかけてでも、マトバと話をしようとしただろう。

だが、そうしなかった。

ということは、気の毒なエスコバルは身の危険までは感じていなかったのだろう。『できるだけ早く』。あの文面から推察できるのは、漠然《ばくぜん》とした不安だった。

「もう少し……見てみよう」

惨劇《さんげき》の寝室を注意深く観察する。

状況だけは推測できた。

狼《おおかみ》はガラスを破って侵入し、有無《うむ》をいわさず、寝ていたエスコバルに襲《おそ》いかかった。狂おしいまでの暴力。それほど時間もかからなかっただろう。獣《けもの》は彼を引き裂いて、最後は首を食いちぎった。

順序からいったら、ずたずたの彼をプール付きの庭まで引きずり出し、とどめを刺して、頭を寝室に放り込んだように見える。

「なにかの偶然でないなら、むしろ知的なふるまいだ。わざわざ寝室に頭を放り込むなど、ただのけだものがするとは思えぬ」

と、ティラナが言った。

「知的か。確かに悪意たっぷりの行動ってのは、知的かもしれねえな」

ぼやきながら、ほかの部屋にはなにかないか探してみる。専門家の鑑識チームはまだ到着していなかったから、ここでうろうろしていても、しばらくは成果などなさそうだ。それに、最新の科学捜査を駆使《くし》したところで、胸くそ悪い殺人ショーの詳細がわかるだけだ。頭を撃たれた男の頭蓋骨《ずがいこつ》が、どういう軌道《きどう》で脳みそと骨片をまき散らしたか？　それが分析できたところで、犯人の動機がわかるわけではない。まあ、どれくらいの憎悪《ぞうお》で殺人が実行されたかくらいは、推測できるかもしれない。それで陪審員《ばいしんいん》の心証が変わることもあるだろう。

しかし、いまのところは殺人者を裁判所まで引っ立てることさえ危《あや》うい感じだった。

死ぬまでの被害者の行動もまだわからなかった。

エスコバルのスマートフォンはプールの底に沈んでいたから、データは全損だろう。もし無事だったとしても、アクセスコードは本人しか知らない。クラウドに置いてある近々の電子情報は、裁判所の許可が出るまで閲覧できそうになかった。

「どれくらいかかるのだ？」

「わからん。急がせても、半日だろうな」

「なんと悠長な……」

「そんなもんさ。これがテロ関連の部署なら、もっと早いだろうが……」

寝室のドレッサー、その引き出しを何度かのぞき込み、マトバはぼやいた。一方、ティラナはばらばらの死体を注意深く見返していた。よくそんな真似《まね》ができるものだ――そう思っていたら、彼女が言った。

「なにかくわえているぞ」

「なに？」

「口の中に……なんだこれは？　紙だ」

「おい、ティラナ、勝手にさわるな。現場の保全を……」

「文字が書いてある」

マトバがとがめるのも構わず、彼女は死体の口中から紙片を引っ張り出し、その場で広げてしまった。

「ああっ、くそ。二四分署から怒られるぞ。ただでさえ心証が悪いのに」

「怒らせておけ。どうせすぐに誰かが見つけることだ」

まったく無関心な声で、ティラナは言った。彼女の興味は目の前の、唾液《だえき》と血液でべとべとになった紙片だけのようだった。

「なんて書いてある」

「読みづらい字だ。アルファベットではないな。これはファルバーニの言葉で……」

ティラナは唇《くちびる》を引き結び、肩をこわばらせた。

「イオタの……怒り？」


落ち着かないまま現場を離れた。鑑識や検死の結果が出ないことには、これ以上のことはわからないだろう。だったらいまは、自分の仕事を片づけていくしかない。

平和な住宅街で、男が狼《おおかみ》に惨殺《ざんさつ》されたとなると、マスコミがそれを聞きつけないはずがなかった。もちろん大騒ぎだ。アルハンブラのときとは比べものにならない扱いで報道され、市警も非番の者までかり出されている。事件のあったイースト・ロックパークの周辺では市民も外出を控えて、異様な緊迫感と静寂が支配していた。だがずっと離れた中央街ともなると、ひとまずの平穏をたもっていた。

さらに離れたセブン・マイルズの歓楽街ともなると、狼騒ぎなど地球の裏側の出来事のようだった。なにしろ金曜の夜だし、別に全長一〇〇メートルの怪獣《かいじゅう》が現れたわけでもない。いつもどおりの喧噪《けんそう》、いつもどおりのらんちき騒ぎ、いつもどおりの通報や逮捕《たいほ》。

仲買人のケイ・マノベと、その護衛兼情婦のティラナ・エルネバラとしての仕事——なじみの売人《ばいにん》へのお伺《うかが》いや、情報屋との会合を手短にすませ、二人は風紀班のオフィスに戻った。

特に新しい情報は入っていなかった。エスコバルを殺した狼の行方《ゆくえ》も、ようとして知れないままだ。

『イオタ』が何のことなのか、もちろんマトバにはわからなかった。エスコバルと自分との関係についてもだ。前にも同僚たちに言ったとおり、どこかで見覚えがあるような気がする、といった程度だ。

それがどこなのか、いつなのか？

自分の過去にまつわる書類をざっと調べてみたが、『エスコバル』なんて名前はまったく見あたらなかった。

だが一〇時を過ぎたころ、検死局に勤務する元ガールフレンドのセシル・エップスから連絡があった。気の毒に、彼女は昼からずっとエスコバルのバラバラ死体と向き合い、濃密な時間を過ごしていたそうだ。いくら死体に慣れているとはいっても、その声はひどく疲れて、暗かった。

『話したいことがあるの。いますぐ来られる？』

「わかった。行く」

『なるべく目立たないように、お願い』

正規のルートではなく、個人的な電話だった。それだけで彼は何か厄介《やっかい》な話なのだろうと感じていた。

風紀班のオフィスは市警本部にあり、検死局のビルはその正面だ。わずか数分で出向くことができる。だがマトバは、わざわざ出勤用の秘密通路を使って、遠回りのルートで検死局に向かった。

ティラナは復帰後の小さな仕事が山積《さんせき》していたので、オフィスに残して一人だけで行った。

「あのエスコバル氏だけど」

会うなり、セシルは切り出した。

「整形してるわ。たぶん四、五年前に」

「なんだって？」

「下顎部《かがくぶ》と眼窩部《がんかぶ》にシリコンのプレートが入ってたの。骨を削った形跡もあるし、奥歯も抜いている」

マトバはすこしの間ぽかんとした。

「……元の顔はわかるか？」

「いま復元作業を頼んでるわ。でも人種をごまかすほどの大手術というわけではないみたい。古い知り合いだったら、気づかない程度のいじり方でしょうね」

「奴《やつ》は囮《おとり》捜査官だった」

「みたいね。その任務のために、顔をいじったのかもしれないけど。あいにく資料にはそんな記述はないし」

元の顔写真がないか、ＤＥＡに問い合わせたいところだった。だがエスコバルの死に裏があるとしたら、それはあまりうまくない。

「顔が知りたい。整形前の顔の復元には何日くらいかかる?」

「ケイ。いつの時代の話をしてるの?」

セシルは笑った。

「骨格の3Dスキャンはもう終わってるから、もうすぐ結果が届くわよ」

彼女の話では、骨格のスキャニングがいちばん時間がかかるくらいなのだそうだ。あとはその三次元データに、整形前の骨格を何パターンか仮定し、肉付けする。設定作業さえできれば、あとはほとんど一瞬だ。

復元作業を担当する監察医はいい腕だそうだが、住んでいるのはサンテレサ市ではなくニューオリンズだ。それでも一向に構わない。オンラインでデータを送って、結果が来るのを待てばいいだけだった。

復元結果が出るのを待つことにして、検死局ビルの喫煙所でタバコに火をつけようとしていると、セシルが追いかけて来た。

「できたそうよ」

はやい。まったく、テクノロジー万歳《ばんざい》だ。

「ここで見る? ええと、こっちのフォルダに……」

セシルがタブレットPCを操作する。画像閲覧のアプリを立ち上げる前に、ちらりと壁紙が見えた。実家の両親と兄弟の写真だ。つきあっていたころとまったく同じ画像だった。家族を溺愛《できあい》しているというより、単に無頓着《むとんちゃく》なのだろう。

「なに？」

「いや」

「……画像は数十あるわ。エスコバルの経歴や職業はまったく知らせてないから、太ってるのとか、極端にやせてるのとかもある。髪型も暫定《ざんてい》よ。髭《ひげ》は一切なし。そのつもりで見てちょうだい」

「ああ。ちょっと借りるぞ」

タブレットを受け取り、復元した顔の画像をじっくり吟味《ぎんみ》する。

CGで再現された、たくさんの顔。実写と見間違うほどの——と言いたいところだが、それほどでもない。余分なテクスチャは一切ないし、光源も単調なため、一目でCGだとわかる程度のものだった。

復元モデルは五〇か六〇パターンくらいあったが、それを見つけるのにさして時間はかからなかった。

「いた」

その画像には、そっけなく『c03』とだけ番号が振ってあった。顎《あご》まわりががっしりとしていて、眉《まゆ》は低く浅い。すこし眠そうな顔つき。南米系の男にしては、平面的な印象。

実際には、細く刈りそろえた顎鬚《あごひげ》を生やしていた。肌《はだ》はもっと日焼けして、まだ若いのに細かいしわが多かったと思う。

「知ってるの？」

「ああ。スカーレットの戦友だ。空挺《くうてい》師団の偵察《ていさつ》チームで……『メイス』と呼ばれてた」

本名は知らない。それに、マトバ自身は同じチームで組んだことがない。同じ基地にいて、何度か顔を合わせたことがある程度だ。こうして思い出せただけでも、驚きなくらいだった。

「どういうこと？」

「まだわからん。このことは内密にしてくれ」

それだけ言って、マトバは検死局ビルを後にした。ここまで骨を折ってくれたセシルに対してあんまりな態度だったが、いまの彼にはそこまで考える余裕などなかった。


風紀班のオフィスに戻ってからマトバがまずやったのは、ノースカロライナ州に本部を置く米陸軍第八二空挺師団への問い合わせだった。

第二次ファルバーニ紛争に従軍した兵士の消息についてだ。

だが向こうは東部標準時で、もう真夜中だった。担当者は不在だろうし、そもそも電話に出た若い伍長《ごちょう》は、だれが担当なのかも知らない様子だった。

「くそったれ」

受話器をたたきつけていらいらしていると、ティラナが注意深い様子で彼に声をかけてきた。

「なにがあった？」

もちろん、セシルと会ってからのことを聞いているのだろう。マトバは努めて落ち着いた声を装《よそお》うことにした。

「いや。たいしてことじゃない」

ティラナに隠すつもりはなかったが、職場で堂々と話す気にはなれなかった。この問題はひょっとすると――いや、ほとんど間違いなく――マトバ自身の経歴が関係している。風紀班《バイス》の職務とは、あまり関係がない。

「あとで話す」

「……そうか」

それだけ言って、ティラナは書類仕事に戻った。

師団本部にメールも書いたが、返事が来るのはいつになるのか、わかったものではない。どれだけ勤勉な担当者だとしても、最低、夜が明けるまでは返信などないだろう。

ほかの伝手《つて》はなかったか？

すこし考えて思い当たった。当時、米軍ではなく日本軍――陸上自衛隊で勤務していた、古い友人がいる。コヤマ一尉《い》。当時は陸幕二部から派遣された情報要員で、いまは民間軍事会社を経営している。しかも彼が住んでいる東京は、すばらしいことに現在、昼過ぎだ。

幸い、マトバが電話をかけるとコヤマ元一尉《い》は『待ってな。メールで送るから』と応じて、すぐに切った。こちらがサンテレサで刑事をやっていることも知っているはずだ。しかし積もる話や『最近どうだ』などは一切なかった。

眼鏡《めがね》で童顔のオタクっぽい見た目なのだが、コヤマは硬骨漢《こうこつかん》だ。頭もえらくいい。へつらい顔とは無縁で、上司相手でも空気を読まずにずけずけとものを言うタイプだった。おかげで出世はできなかったのだろう。だからこそ頼れる相手だった。

電話に日本語でしゃべっていたせいで、残業中の同僚たちの注目を集めてしまった。ティラナもこちらを宇宙人か何かのような目で見ている。

「高校の同窓会だよ」

と、すこし大きめな声でマトバは言った。

「幹事なんて無理だって断《ことわ》ったんだ」

「ふむ」

そもそも同窓会なんて言葉自体、ティラナにはよくわからないだろうが、彼女はそれ以上なにも追究しなかった。

三〇分とたたないうちに、コヤマからメールが来た。

本文は『これでいいかね?』の一文だけ。あとはPDFファイルがいくつか添付されている。表題だけは『同窓会のおしらせ』とあった。まったく、示し合わせたわけでもないのに、なんと気の利く野郎《やろう》なのか。あいつが女だったら求婚したいくらいだ。

さっそくＰＤＦファイルを開く。

コヤマが送ってくれた資料は、極秘扱いされているようなものではなかった。正規の手続きで国防省か関係部隊に請求すれば、開示される公文書から、コピー＆ペーストされただけのものだ。それだけでもありがたい。いま、自分がそれをやろうとすると明日《あした》の昼になってしまう。

当時、同じ基地で作戦に関係していた米陸軍の偵察《ていさつ》要員は三〇名ほどだった。時期がばらばらなので、一度に三〇名が従事していたわけではない。スカーレットとエスコバル（メイス）が従軍していた二か月間は、一〇名。

そのうち二名は戦死。さらに二名は除隊後、病死と事故死。もう一名は自殺。

戦死した二名は同じ日で、フォート・ラトレル撤退戦のときだ。

マトバはその場にいなかったが、ひどい戦闘だったと聞いている。馬鹿《ば》馬鹿《か》しい輸送上の手違いで、陸軍と海兵隊の兵員五〇名が二〇時間、基地に取り残された。そこに襲《おそ》いかかったセマーニ人の民兵二〇〇〇名（推定）との夜戦。弾薬《だんやく》が不十分だったため、地球側の兵士も半数以上が戦死した。槍《やり》や剣、弓や投石がおもな敵の武器だったが、ＡＫライフルを持ったセマーニ人もいた。無知な者にバンザイ・アタックをさせた例も多い。マトバも経験しているので想像できたが、きっと戦闘は悪夢だっただろう。

とにかく、その夜戦で二名が死んでいる。

除隊後の死者も、不審な点はない。病死した一名は勤務中の心筋梗塞《しんきんこうそく》。事故死した一名は夜中の飲酒運転。

自殺した男は、軍の医師からPTSDと診断されており、何年も投薬をしながらがんばったようだ。だが結局は、軍務を共にしたカービンの銃口《じゆうこう》をくわえて、引き金を引いてしまった。愛銃に最後の面倒を見てもらったわけだ。

こうした資料から見る限り、彼らの死に不審な点はない。

最近まで生き残っていたのは五名だ。

そのうち二人はスカーレットとエスコバル。エスコバルの当時の本名はホルヘ・クレメンテだった。いま思えば、『メイス（戦槌）』のあだ名は、重火器の担当だったせいかもしれない。役割にあわせて、あだ名をつけることはよくある。

故エスコバルことクレメンテが、整形した理由はまだわからない。メイスのあだ名と囮捜《おとり》査の『ロドリゲス』も含めれば、四つの名前を持っていたことになる。間抜け面《づら》にしか見えなかったが、この男の経歴はひどく謎《なぞ》めいていた。

そして現在、生き残っている元隊員は三名だった。

クリス・ヘンリクセン中尉《ちゆうい》。

ポール・ランド軍曹《ぐんそう》。

ダニエル・コール伍長《ごちよう》。

このうち、ヘンリクセン元中尉はサンテレサ市に在住だとわかった。市警察のデータベースにあたると、電話番号もすぐに出てきた。

時計を見ると、もう日付が変わっていた。電話をするには非常識な時間帯だ。DEAをさしおいて、事を公《おおやけ》にしていいかどうかも、まだ判断がつかない。

いや、ためらっている場合ではないだろう。なにしろ同じ偵察《ていさつ》チームの人間が二人殺されているのだ。ヘンリクセンが明朝、死体で発見される可能性だって大いにありうる。急ぐ必要があった。

マトバはヘンリクセン元中尉に電話した。もし出なかったら、付近のパトカーに向かってもらうつもりだった。

予想に反して、相手はすぐに電話に出た。

『はい』

「ヘンリクセンさん？　サンテレサ市警のマトバ刑事です」

『マトバ？　ええと、ひょっとして……』

「そうです、中尉殿。JGDF（陸上自衛隊）のマトバ三等陸曹《りくそう》です。いまは市警に勤務してまして」

『ああ！　マトバ軍曹か』

マトバの軍での最終階級は、軍曹《サージェント》になる。いまの警察内での階級は巡査部長《ディテクティブ・サージェント》（刑事部長)。すこしややこしい。

『キャンプ・ゼーマイでは世話になった。元気かね』

「はい、中尉殿《ちゅういでん》。こんな時間にすみません。実は差し迫った問題がありまして。スカーレット伍長《ごちょう》の事件はご存じですか?」

『もちろん知ってる。葬儀《そうぎ》にも参列したよ。保安官事務所のベイ氏だったかな……あとは何人かしか来なかった。寂しいものだった』

それは知らなかった。マトバはわざわざアルハンブラの共同墓地まで出向くのが面倒だったので、参列しなかったのだ。

『痛ましい事件だ。身を持ち崩していたようだが、彼は優秀な兵士だった』

「はい。残念です」

スカーレットが優秀だったかどうかについては異論があったが、マトバは同意しておいた。

「それで今日《きょう》……いえ、もう昨日《きのう》になってしまったのですが、ウェスト・ロックパークで同様の事件が起きました。被害者をご存じですか?」

『いや。そちらは知らないね。ニュースだと、麻薬の売人《ばいにん》だということだが』

言うべきかどうか迷っていたが、ここで隠すのもばかばかしい。マトバは正直に明かすことにした。

「実はDEAの捜査官だったんです。しかもスカーレット伍長と同じ偵察《ていさつ》チームに所属していた、クレメンテ軍曹《ぐんそう》だとわかりまして」

『なんだって？』

　ヘンリクセン元中尉の声がこわばった。

「はい。クレメンテ軍曹です。ご存じですね？」

『メイスのことか？』

『ああ、もちろん知っている……』

「彼が同じ手口で殺害されたんです」

『同じ？　夕方のニュースだと、対立するギャングの仕業《しわざ》かもしれないと……』

　夕方のニュースなんてバカバカしいので見ていなかったが、確かにあれはメキシコのギャング流を彷彿《ほうふつ》とさせる。しっかりした鑑識と検死の結論が出るまで、警察は（……というか官僚組織すべては）断定的なアナウンスをしないのが常だ。それでマスコミが好き勝手な仮説を流す。

「中尉殿。自分は現場でクレメンテの死体を見ました。スカーレットもです。同様の殺害方法でした」

『なんという……ことだ』

　自分の身の危険を案じるというより、かつての部下の最期《さいご》を悼《いた》むような口ぶりだった。

「まだなにかを断定することはできませんが、少なくともあなたと同じ部隊の人間が二人、同じ方法で殺害されています」

『私も狙《ねら》われていると？』

「わかりません。ですがその危険は大きいと言わざるをえないでしょう。すぐに地元のパトカーを送りますので、危険に備えてください。屋外には出ないように」

『なんだって？　パトカー？』

「はい。自分もいますぐ、そちらに伺《うかが》います。よろしいでしょうか？」

『ああ。君が来るのは構わんが……』

なぜかヘンリクセンは口ごもった。

『おそらく、パトカーの派遣は要《い》らないと思うよ』

「なぜです？」

『来てみればわかる』


ヘンリクセン元中尉《ちゅうい》の言ったとおりだった。

彼の自宅は中央街《セントラル》にほど近い高層アパートの最上階にあり、大量の防犯カメラと警備員に守られていた。ヘンリクセンの住むペントハウス付きの最上階に行くには、六桁《けた》の暗証番号を要求するエレベーターを使用するしかなくて、また非常階段も火災時などの必要に応じる場面でしか開放されない仕組みだった。

一階のエントランスはモダンにアレンジしたアール・デコ調で、セマーニ風の幾何学《きかがく》模様も取り入れてある。装飾品の多い内装なので、警備カメラもごく目立たない。おそらく銃《じゅう》を携帯した私服の警備員が何人か。

コンシェルジェに名前と来訪先を告げると、そのコンシェルジェは住人の古い友人でも出迎えたかのように、親切かつ洗練された態度でマトバたちを高層階用のエレベーターへと案内してくれた。自分の仕事のすべてを心得ているような男だった。

「確かに、ここなら狼《ヴエラム》も入れぬな」

最上階へと向かうエレベーターの中で、ティラナがつぶやいた。

「ここはホテルではないのか？」

「すこし違う。アパートだ」

日本語だと『アパート』は安い集合住宅をイメージさせるので、マトバはいつもこの言葉を使うときに違和感をおぼえる。

「よほど立派な人物なのだな、そのヘンリクセン中尉とやらは。爵位《しゃくい》はあるのか？」

「いや。貴族じゃない。それに、こういうところに住む連中は、あんまり立派じゃない」

「なぜだ？」

「決まってるだろ。まともな仕事の稼《かせ》ぎだったら、こんなところにゃ住めないからさ」

「わからぬな。わたしの実家はもっと立派な格式だし、それに応じた石高《こくだか》をいただいているのだが」

「そういう意味じゃ……あー、もういい」

階級社会と資本社会の隔絶《かくぜつ》について、云々《うんぬん》するのも馬鹿《ばか》らしい。

「それより、クロイが心配だ」

と、ティラナが言った。クロイは猫のことだ。マトバとティラナが暮らすニューコンプトンの家にいる。

すでにほとんどの事情は、車での移動中にティラナに話していた。セシルに呼ばれて、彼が一人で検死局に行った事情も了解している(なぜか物言いたげではあったが)。

「戦争のときのケイの関係者が狙《ねら》われているのなら、ケイも安全とは言えぬだろう」

「そうだな」

あのフリーウェイでの襲撃《しゅうげき》も、もはや『たまたま襲《おそ》われた』とは思えない。自分も関係者の一人だと見なしておいたほうが自然だろう。

「わたしたちの不在の間、あの狼《おおかみ》が家を襲ったらどうなる? きっとクロイを食べてしまう」

「あんまり旨《うま》そうじゃないけどな。いや、最近ちょっと太ってきてるから、案外……」

「おい……!」

「冗談だよ。だがな、あのとき意図して俺《おれ》らを襲ったんなら、あの狼——もしくは狼をけしかけた奴《やつ》に、それくらいの知恵はあるわけだ。だったら俺の留守中、たいして旨くもなさそうな猫を食うためだけに、無人の家を荒らすとは思えない」

「そうかもしれぬが」

「こういう商売だからな。尾行はいつも気をつけてる。ここ一週間、だれかに尾《つ》けられてる感触はなかった。もちろん、俺の家は電話帳に載ってない」

「俺の、ではない。わたしたちの家だ」

「ああ、はいはい。それで思い出したんだが、おまえ、いい加減に新居を探せよ。いつまで居《い》候《そうろう》してる気だ？」

「居候ではない！　毎月、たっぷりと小麦や米などの穀類《こくるい》を――」

「着いたぞ」

階数表示が最上階で止まった。

すぐに扉《とびら》は開かない。何らかの認証が行《おこな》われているようだった。もしかしたら、いまの会話も聞かれてしまったかもしれない。後半のバカ話はともかく、こういう高級住宅に偏見《へんけん》を持っている庶民の顔を見せるのは、あまり決まりのいい話ではなかった。

『お待たせしました』

警備担当者がスピーカー越しに告げ、エレベーターの扉が開いた。

待っていたのは、カービン銃《じゅう》で武装したスーツ姿の警備員二人だった。

カービンはおなじみのM４クローン。パテントが切れて何十年にもなるこのM16系ライフルは、ありとあらゆる銃器《じゅうき》メーカーが独自のモデルを生産している。もはやひとつのジャンルと言ってもいい。マニアでなければわけがわからないくらいのおびただしい点数なのだが、この警備員の装備するカービンはダニエル・ディフェンス社製のＤＤＭ４だとわかった。

ゲテモノ系も数多く出ているＭ４クローンの中では、かなりまともな銃だ。オリジナルの部品もたいてい流用できるし、奇をてらったようなところがほとんどないので、好感が持てる（そのおかげでマトバもこの銃を覚えていた）。価格もおおむねリーズナブル。民間の警備会社として、悪くない選択だろう。この装備が会社の方針なのだとしたら、ヘンリクセンは手堅く賢明な経営者のようだ。

「こちらに」

武装警備員は慇懃《いんぎん》な物腰で、マトバとティラナを奥の応接間へと案内した。一人はマトバたちの前を歩いていたが、もう一人はティラナの右後方から十分に距離をとってついてくる。なにかあったら、すぐに対応できる位置だ。

マトバたちを疑っているわけではないのだろう。職業上の習慣だ。

もっとも、そのマニュアルどおりの位置どりはあまりうまくない。その気になったら、ティラナは振り返りざまの一閃《いっせん》で、その警備員の首をまっぷたつにできる。いわゆる『必殺の間合い』に入っていることに、彼は気づいていないのだ。こんな容姿《ようし》の小娘だから、片手でねじ伏せられると思っているのだろう。

（やるなよ？）

（やるか、バカ）

口パクでやりとりしながら進むと、学校の教室くらいありそうな広さの応接間に、ヘンリクセンが待っていた。

「マトバ軍曹《ぐんそう》」

ヘンリクセンは、四〇代なかばのハンサムな男だった。落ち着いたグレーのタートルネックに、ブラックのジャケットとボトム。短く刈り込んだ髪もグレーだ。元軍人というより、ひと昔前のＩＴベンチャーの社長みたいなたたずまいだった。

応接間から望む夜景は宝石細工のようだ。赤、青、オレンジ、そして白銀の明かりが無数にちりばめられ、ほんのひとときでもこの街の汚濁《おだく》を忘れさせる。

武装警備員を下がらせ、本革張りのソファーをすすめてから、ヘンリクセンは言った。

「物々しくてすまないね。これもテロ対策の一環なんだよ」

「いえ」

「私の仕事はもう知っているんだろう？　まあ……民間軍事会社《ＰＭＣ》というのも、いろいろヤクザな商売だ。あちこちから狙《ねら》われているわけでね」

それは事実だ。ヘンリクセンは民間軍事会社『シルバー・イージス』を経営しており、大変うまくいっている。中東、アフリカ、南米。あちこちに『社員《オペレーター》』を派遣して成果をあげており、そのためにいくつかのテロ組織から『死刑宣告』のリストに入れられていた。

「これくらいの用心は当然です」

「ご理解に感謝するよ」

「あなたはずっとサンテレサ市に？」

「いや。最近だね。実はビジネスをセマーニ世界に広げたいと思ってるんだ。もちろん合法的な範囲でね。だが法律や習慣が壁になって、なかなかうまく進んでいない」

それからヘンリクセンはティラナに初めて気づいたように、眉《まゆ》をひそめた。

「そちらのお嬢さんは？」

「同僚です。お察しのとおりセマーニ人なんですが、実験的に採用しているところでして」

「それはけっこうなことだ」

ヘンリクセンは何度か頷《うなず》いた。

マトバがかつての敵を連れてきたことに、なんらかの不快は感じているのかもしれない。ただの人種差別などではなく、あの戦争に従軍した者なら当然の違和感だ。はっきりとした敵意や悪意ではない。セマーニ人を恐れているのではなく、もっと曖昧《あいまい》な不安とでも呼ぶべき気分が、自分たちにはある。

ティラナは不快そうだったが、マトバはヘンリクセンのそんな気分が想像できた。

「とはいえ、きみが警官になっていたとはね。確か、あの戦争の従事者に便宜《べんぎ》を図る制度があったな。ええと……『アンブローズ・プログラム』だったか？」

「はい。ただまあ……やることは普通の警官と変わりません。警察学校《アカデミー》にも入りましたし、制服を着てパトロールもやりました」

「それは見てみたかったな」

ヘンリクセンは快活に笑った。

「あの勇猛果敢《ゆうもうかかん》なマトバ軍曹《ぐんそう》が、交通違反の切符を切ったりしたわけか」

「それも大事な仕事ですので」

「ごもっともだ。ああ……いや、侮蔑《ぶべつ》じゃないよ。ちょっとユーモラスに思ってね。すまない」

「いえ。戦友にはよく言われます」

「あのころ機会があったら、君もこの会社に誘ったのだがね。だがあいにく、当時の本社はアリゾナの粗末な実家のガレージだった。二、三人の社員を食わせるのにも苦労する有様《ありさま》だったよ」

「それをここまで発展させるとは、お見事です」

それはマトバの本心だった。退役《たいえき》軍人のＰＭＣなんて、世の中に掃《は》いて捨てるほどある。こんな高級アパートに居《きょ》を構えるまでになるなんて、そう簡単にはいかないだろう。まったく、ヘンリクセンの手腕は見事だ。

「ありがとう。それで、スカーレットたちの一件だが」

「ええ」

「ごらんのとおり、どこぞの猛獣《もうじゅう》が侵入できるような環境ではないんだ。テロリストの一個大隊か、ゴジラが来たら降参だろうがね。ひとまずは安心していただけただろうか?」

「はい。それでは質問してよろしいでしょうか?」

「ああ、どうぞ」

「戦後、スカーレット伍長《ごちょう》とお会いしたことはありますか?」

「あるよ。五年ほど前、師団の式典で会った。式典後のパーティーでの立ち話くらいだったがね。ひどく酔っていて、セマーニ世界への融和《ゆうわ》政策について不満をぶちまけられた。政治的な見解についてはいいとして……あまりうまくいってないようだった」

「なにがですか?」

「人生だよ。短い時間話しただけでも、前のような能力は発揮できないだろうと思った。だから会社には誘わなかった」

「なにか気になることは言ってませんでしたか? あの戦争のことや、狼《おおかみ》について」

「いや。それに君ならわかるだろう。わざわざあの戦争のことを掘り返して、だれかにどうこう言いたいかね?」

「ごもっともです」

「そういうことだ。思い出話ならいくらでもあったよ。ヒマな待機中の悪ふざけや、クソまずかった食事のあれこれ。そういうのは楽しい。だが『あの作戦は正しかったのか？』だの『死んだあいつは納得してるのか？』だのなんて、普通は話さないよ」

「よくわかります。では、クレメンテ軍曹《ぐんそう》についてはどうですか？」

マトバはＤＥＡのエスコバル捜査官の本名をたずねた。心情的には、あれこれとたずねるのは気が進まなかったのだが、仕事なのでそうもいかない。

「彼とは会ってもいない。何度かクリスマスカードは送ったがね。連絡はなかった」

「クレメンテは顔を整形し、名前も変えてＤＥＡに勤務していました。なにか心当たりはあるでしょうか？」

「うーん、ないね」

ヘンリクセンは腕組みして言った。

「むしろそれは、ＤＥＡに聞くべきことなんじゃないのか？」

「はい。ですが、お役所というのは面倒なところがありまして……」

「刑事の君が知らないことを、私が知っているわけがない」

「おっしゃるとおりです」

「ただクレメンテ軍曹は、目端《めはし》のきく男だった。兵卒の間でも一目置かれていたようだったのは確かだ。戦後も『政府の仕事』をしていたとして、何ら不思議はないな」

この場合の『政府の仕事』というのは、地味な机仕事のことではない。顔や名前を変える必要があるような職種のことだ。

「あなたも『政府の仕事』はいろいろと関係しているはずです。なにか噂《うわさ》は聞いてませんか?」

「ないね。それに、もし知っていても話せない。業務上の守秘義務がある」

「残念です」

「だがまあ……わたしの会社のサイトは見ただろう? 分析もやってるが、新聞やウェブの記事を整理する作業の延長にすぎない。基本的には訓練業務と装備の調達がほとんどだ。文字の読み書きもできないような現地の若者に、基礎訓練《ブート・キャンプ》のまねごとをさせるのがほとんどでね。派手《はで》なことはなにもしていない。だというのに、狂信的なテロ屋どもから死刑宣告だのなんだのと……うんざりしているよ」

情報分析に訓練業務。それこそかつては、CIAやグリーンベレーが共産主義者相手にさんざんやってきた仕事ではないのか。元部下でDEAに所属していた男が惨殺《ざんさつ》されたのなら、もうすこしなにかを心配してもよさそうなものだ。

このヘンリクセンは、そんなことがマトバにわからないとでも思っているのだろうか?

わかっていないならナメられてることになる。だがこれはたぶん、わかっている。そのうえでこんな話をするくらいなのだから、つまりヘンリクセンは遠回しにこう言っているのだ。

『あまり嗅《か》ぎ回ってくれるな』と。

「ですが一応、確認しておきます。中尉《ちゅうい》。殺害された二人は、あなたの業務には関係していないんですね？」

「関係ない。誓《ちか》ってもいいよ」

「わかりました。では残りの当時の隊員のことなんですが……」

いま生存している残りの二人、ランド軍曹《ぐんそう》とコール伍長《ごちょう》とは連絡がとれていない。残業中だった同僚に調べてもらっているが、まだ時間がかかりそうだった。

この二人についても、ヘンリクセンはなにも知らないと言った。

「なるほど、わかりました」

これといった成果が得られなかったことに落胆《らくたん》した声で、マトバは言った。ティラナはずっと横で黙っていたが、本当に落胆している様子だった。自分のほうは演技なのだが。

仕事はここまでといわんばかりに携帯端末をしまいこんで、彼は嘆息《たんそく》する。

「……それにしても立派なお部屋ですね。あの基地の仮設兵舎とは雲泥《うんでい》の差だ」

「それは皮肉かね？」

「まさか。中尉にお会いして、昔を思い出しただけです。あの基地はひどかったですからね。いつも夕方に風向きが変わると……」

「ああ」

と、ヘンリクセンは笑った。

「私も思い出したよ。便所のほうから、ひどい臭《にお》いが流れてきたな。一〇〇ヤードも離れてるのに。ドアや窓を閉めると暑いし、最悪だった」

他愛《たわい》のない思い出話。これにはヘンリクセンも警戒を解いたようだった。

「でも食事はなかなかだったでしょう？」

「そうだな。日本軍《きみたち》の炊事係は最高だった。チキンライスとカレーが楽しみだったよ。でも肉がなあ……ちょっと味気なくて」

「それで思い出しました。狩りのことを覚えてますか？」

「狩り？」

ヘンリクセンが眉《まゆ》をひそめた。

「乾期に入って一月くらいのころです。何日も待機が続いて退屈してたら、そちらのチームが狩りに出かけて。あの一帯は水牛みたいなのがウヨウヨいましたからね」

「ああ……あれは迷惑をかけたみたいだね。私は知らなかったのだが」

「すみません。あのときは中尉《ちゅうい》には内緒だったんです。スカーレットたちが警戒エリアのずっと外で、車が立ち往生《おうじょう》したと連絡を受けて、びっくりしましたよ。まあ、幸い敵には出会わなくて、無事に帰って来られたわけですが」

「狩りの成果がまた寂しかったな。アナグマだかなんだか」

「ツチブタの一種みたいでしたね。で、味のほうは……」

「うん。食えないこともなかったが、あまり旨《うま》くなかった。スカーレットは落胆《らくたん》してたな」

「ああいうときは、嘘《うそ》でも『旨い』と言ってあげるべきだったんですよ」

「そうだな。そうするべきだった……」

隣でティラナがうずうずと脚を揺らしていた。さも『こんなくだらない話を、いつまで続けるつもりだ？』と言いたげな様子だった。ヘンリクセンのほうも、非礼にならない注意深い仕草ながら、ちらりと時計を見た。

「……っと、失礼しました。つい懐《なつ》かしくて」

「いや、いいんだ。また今度、ゆっくり思い出話でもしようじゃないか」

「ええ、ぜひ。遅い時間にありがとうございました」

ソファーから立ち上がって握手する。

「そうだ、軍曹《ぐんそう》。もし警察の仕事にうんざりしたら、我が社という選択肢も考えてみてくれ。君ならいつでも大歓迎だよ」

「ありがとうございます。本気で当てにしちゃいますよ」

マトバはにっこりと笑った。芝居《しばい》がかった感じになる、一歩手前くらいの笑顔《えがお》を心がけた。

「とにかく、気をつけてください。チームの偵察員《ていさつかん》が二人、同じ手口で殺害されているんです」

「ああ。もちろん注意するよ」

「それから、たぶん必要ないとは思いますが……もしご所望《しょもう》でしたら、しばらくパトロール警官をご自宅につけることもできます」

「ああ。配慮には感謝するが……」

ヘンリクセンは応接間を出たところで、待機していた武装警備員をちらりと見る。

「私の部下はそこらのおまわりさんより、頼りになると思うよ」

「でしょうね。それでは」

もう一度握手してから、エレベーターに乗り込む。ドアの閉まる音はとても静かだった。

エレベーターが動き始めてから、ようやくティラナが口を開いた。

「どういうことだ、ケイ?」

「なにがだよ」

「おまえがあんな、おとなしく……」

「いいから黙ってろ」

この会話だって、ヘンリクセンには聞かれるかもしれない。話は車に戻ってからだ。いや、一度預けた車だって、盗聴器から安全とは言えないだろうが——。

そこで照明が暗転し、加速を始めていたエレベーターが急停止した。

非常用の制動機構が作動し、けたたましい金属音をかき鳴らす。なんの準備もしていなかった二人はよろめき、抱き合うような姿勢になった。

「………?」

このままエレベーターが落下するのではないかと心配したが、そうはならなかった。照明はすぐに復活する。ただし非常用の赤色灯だ。

「なにが――」

「停電だ。たぶん」

ティラナを突き放して、マトバはエレベーターのパネルをいじった。気まずい気分も、ちょっとだけあった。目が闇《やみ》に慣れていないし、赤色灯の薄暮《はくぼ》のせいで、彼女の表情はわからなかった。

非常用のスピーカーのスイッチを押し込み、マイクとおぼしき位置に向かって呼びかける。

「おい。なにがあった?」

返事はなかった。相手が聞いているかどうかもわからない。警備員かだれかが、聞いていてもよさそうなものだが。

「応答してくれ」

やはり返事はない。ここが何階なのかも判然としなかった。密閉された狭い部屋――しかも足下ががらんどうの空洞《くうどう》であるエレベーターで、こうして放置される心細さは相当なものだ。

不明瞭《ふめいりょう》な声が聞こえた。

このエレベーターが止まったフロアの住人たちが、廊下に出てきたのだろう。よく聞き取れなかったが、あれこれと不平をこぼしあっているのだけはわかった。

「停電というのは……つまり故障か？」

と、ティラナが言った。声がこわばっている。さすがに落ち着かない様子だった。

「ああ。そんなようなものだ」

「立派な邸宅《ていたく》というのは思い違いだったようだな。地球に来てしばらく経《た》つが、エレベーターの故障というものなど、わたしは初めて経験するぞ」

「俺《おれ》だって人生で初めてだ。だがこんなタイミングなんて、いくらなんでも――」

そのとき、エレベーターのシャフトを通じて、あの声が響いた。

狼《おおかみ》の咆哮《ほうこう》。

ずっと頭上からだ。おそらく、ヘンリクセンの階から。

そして銃声《じゅうせい》。

マトバが気になった、あのカービン銃の発砲音《はっぽうおん》。かつて慣れ親しんだ、5・56ミリ弾《だん》のフルオート射撃《しゃげき》。

「くそったれ。なにが起きてる」

「決まっている。戦闘だ」

悲鳴が聞こえた。いや、絶叫だ。だれかが獣《けもの》に食いつかれている。散発的な銃声と、怒り狂った狼の声。

「やばいな。ヘンリクセンが……」

マトバは狭い密室の片隅にある、災害用のコンテナを探った。最低限の飲用水と食料、携帯トイレと寝具など。このエレベーターから脱出するのに役立つようなものは、なにも入っていなかった。

「くそっ」

「工具がいるのか？　『バールのようなもの』などが」

「ああ。だがない」

「この扉《とびら》を開ければいいのだな？」

「そうだが、素手《すで》じゃ無理だ」

なにか使えるものはないか、マトバが思いあぐねていると、ティラナが鞘《さや》から長剣《クレーゲ》を抜いて、両開きの扉の隙間《すきま》に差し込んだ。強引にドアを開こうとしているのだろう。

「おい。そんな細い剣で……」

工具に比べて繊細《せんさい》すぎるし、彼女の細腕ではびくりともしないだろう。

彼が『無理だ』と言おうとした瞬間、ティラナはなにかの呪文《じゅもん》を口走り、差し込んだ剣に力をこめた。何度も見たことがある。彼女がよく使う筋力増強の魔法だろう。この魔法と剣技の組み合わせで、ティラナはそこらのタフガイでもかなわないような働きをしてみせる。

いびつな金属の音がして、エレベーターのドアが数十センチほど開かれた。

「開いたぞ」

その怪力もさることながら、それでも折れない長剣《クレーゲ》の耐久力にマトバは驚いた。ややしなったが、それだけだ。あの剣の素材は――確かバイファート鋼《こう》とかいったか。セマーニ世界のこういう技術力を侮《あなど》ったことこそ、あの戦争が失敗した原因なのではないか、とマトバは思った。

「よし。出よう」

扉《とびら》を押しのけて外に出る。エレベーターの外にいた住人が、それを手助けしてくれた。

中途半端な階の途中で止まったのかと思ったが、そういうことはなかった。エレベーターは四八階でぴったりと制止していた。たぶん機械的なストッパーかなにかでもかましてあるのだろう。ひとつ勉強になった。

先ほどのヘンリクセンの部屋――最上階は五四階。ここからわずか六階上だ。急げばすぐに駆《か》けつけることができる。

「ケイ、急げ」

「わかってるって。ああっ、くそっ」

非常階段へと走りながら、マトバは毒づいた。

五四階建てのビルからいったら、六階分なんてたいしたことはない。だがエレベーターのないアパートの六階に好んで住む者は少数だろう。要するに、六階分の階段を駆け上がるなんて、必要がなければごめんこうむりたいということだ。

「まったく、消防士にならなくてよかった」

「なにをぼやいている？　急ぐのだ！」

息を切らして階段を上る。銃声《じゅうせい》はいまも続いていた。咆哮《ほうこう》も、悲鳴もだ。

この非常階段から、ヘンリクセンのフロアにアクセスできるのだろうか？　なにしろあれだけ厳重な警備なのだ。そう簡単に侵入できるはずがない。防火扉《ぼうか》だったら、蹴《け》り破れるくらいのやわな作りではないだろう。

だが杞憂《きゆう》だったようだ。停電により、各フロアの非常用扉は自動的にロックが解除されていた。

「はあっ……はあっ……。入るぞ」

全力で六階分を上ってきたのだ。正直、その場でせめて一〇秒くらいは休みたかったが、そうもいかない。

銃を抜き、すかさず部屋に踏み込む。すでに抜刀していたティラナが、後から続いた。

二人が出たのはベッドルームだった。おそらく客間だろう。だれかが生活している感じがまったくない。照明は非常灯のみで、窓からのほの明かりのほうが頼りになるくらいだった。

鼻を突く硝煙《しょうえん》と血の臭《にお》い。

すでに銃声は聞こえなくなっている。もし、あのごついカービン銃で武装した男たちが敗れたのだとしたら、これはかなりまずい状況だ。一度、車に戻って散弾《さんだん》銃を取ってくるべきではないかと思った。自分の貧弱な九ミリ拳銃《けんじゅう》で、いったいなにができるというのか？

奥からうなり声がした。

低く、野太い、獣《けもの》の声。

背筋が寒くなる。警備員たちが勝利して、侵入者をしとめたというシナリオは、どうやら実現しなかったようだ。

客間にはバスルームもあった。ガラス張りのシャワーブースにドレッサー一式。高級ホテルと変わらない豪華さだ。マトバはいったんそちらに入り、厚手のフロアマットを拾い上げた。

（なにをしている？）

ティラナが怪訝《けげん》顔でささやいた。答えず、自分の左腕に巻き付ける。気休めにすぎないが、なにもないよりはましだろう。

右手だけで銃を構え、客間を出て廊下を進む。またベッドルームだ。ここにはいったい、いくつ客間があるのやら。

部屋を抜けてリビングに出る。

男が死んでいた。さっきエレベーター前で応対した警備員だ。右腕がなくなっていて、うつぶせのまま動かない。夜景の光が射し込んで、彼の血だまりを照らし出している。

銃は見あたらなかった。たぶん右腕と一緒に、どこかに転がっているのだろう。

マトバは迷ってから、思い切って叫んだ。

「ヘンリクセン中尉《ちゅうい》！」

敵に居場所を知らせることになるが、たぶん、どうせもうバレている。狼《おおかみ》だったら、向こうは夜目がきくだろうし、聴覚も嗅覚《きゅうかく》もすさまじい。人間の不器用な忍び歩きなど、なんの効果もないだろう。

「ヘンリクセン中尉！　無事ですか!?」

返事はなかった。

マトバは自分が、手遅れの現場に死ぬためだけに来た、ただの間抜けになった気がした。

「敵の位置がわかるか？」

「この部屋にはいない。ただ向こうのダイニングのほうに気配が……」

ティラナが息をのんだ。

「いや、右手の部屋の奥にもいる。二、頭だ。ケイ、これは……まずいぞ」

「なぜ襲《おそ》ってこないんだ」

疑問はそれだけじゃない。どこから、どうやって侵入したのか？　どれくらいずる賢いのか？

「わたしの術《ミルディ》のせいかもしれない。術は匂《ブラニィ》いを発する。この地では珍しいはずから、それを警戒しているとすれば……」

「なるほどな。だったら今のうちに退却する手も——」

「来た。右！」

家具を蹴《け》り倒すけたたましい騒音。広大なリビングの一角、こちらから見て右側の廊下から、なにかがまっしぐらに迫ってくる。

だが、姿が見えない。薄闇《うすやみ》のせいではなく、本当に見えないのだ。

「…………!?」

右方向には、ティラナよりマトバのほうが近かった。とっさに身をひねり、左腕を突き出す。なにかが食いつく——そんな生やさしいものではなかった。なにかが、ぶち当たってきた。マトバはたまらず突き飛ばされ、壁の八〇インチテレビにたたきつけられた。

瞬間、気が遠くなる。

ガラスが割れ、ひしゃげたテレビが床《ゆか》に落ちた。テレビと一緒に崩れ落ちそうになったが、左腕が空中に引っ張られたせいで、彼は倒れなかった。

すぐ間近で響く荒い息づかい。むせかえるような臭《にお》いが彼の顔にかかる。

食いつかれている。

すさまじい力だった。左腕が肩から引きちぎられそうだ。いや、このままでは確実にそうなる。

「……っ!」

自分の右手が、この状況でも拳銃《けんじゅう》を放り出していなかったのは驚きだった。

そして体が勝手に動いてくれた。

あわてて銃《じゅう》を突き出したりせず、手首を体に密着させ、腰で照準《しょうじゅん》し、トリガーを引く。すばやい連射。二発、三発、四、五、六、七……。CQB（超近接戦闘）の訓練でたたき込んだ動作だ。本来なら暴漢に腕をつかまれたときのものだったが、これも似たようなものだった。

おそらくは喉頸《のどくび》めがけて、八発以上は食らわしてやった。あいにく銀の弾丸などではなく、鉛《なまり》を銅合金で被甲《ひこう》したホローポイント弾だ。しかし効果はあった。

弾倉《だんそう》の全弾を撃ち尽くすより前に、左腕を締め付ける力が弱まった。だがこちらを自由にするにはほど遠い。食いちぎられずに済んだ程度だ。

目に見えない獣《けもの》が、苦悶《くもん》し暴れる。

マトバの体が跳ね上がり、床にたたきつけられ、また跳ね上がってソファーを引っくり返した。

ロデオ競技の事故みたいな状態だ。猛牛の背中から落ちた、哀れなカウボーイ。なにかのはずみで左腕だけが引っかかって、なすがままズタボロにされていく。まだ自分はそうなる手前のようだったが、ああいう事故のカウボーイになるまで――つまり体中を骨折して担架《たんか》で運ばれる状態になるまで――あと数秒もかからないだろう。

視界の片隅で、長剣を振りかぶるティラナの姿が見えた。

「逃げ……」

それ以上はわからない。彼はようやく放り出された。迫る天井。鼻柱をぶつける前に、落下する。リビングのテーブルの上に落ち、たたき潰《つぶ》す。肺からうめき声がもれる。

獣《けもの》の絶叫が聞こえた。熱い液体が飛沫《しぶき》となって彼に降りかかる。敵の血だ。

身を起こすと、首の半分ほどを切断された狼《おおかみ》が身悶《みもだ》えしていた。もう姿は明らかだ。遺体は前にも見ていたが、とんでもないデカさだった。

苦しんでいる。

右へ。左へ。

そして前脚で天井を引っかいてから、マトバめがけて倒れてきた。残った力で身をよじり、どうにか狼の巨体を避ける。

「ケイ、無事か!?」

ほっとするゆとりなどなかった。さっきの彼女の話を信じれば、狼はもう一頭いる。

「ああ。びっくりだが、まだ生きてる……」

左腕に巻いていたフロアマットは、ずたずたになっていた。左腕の何か所かが熱く濡《ぬ》れている。厚手の生地《きじ》を貫《つらぬ》いて、狼の牙《きば》が彼の腕を食い破ったのだろう。

「それより気をつけろ。もう一匹が……」

獣の声。不規則な足音。

まっすぐこちらに迫ってくる。まずい。

もう一頭は、はっきりとティラナを目標にしていたようだった。

マトバが立ち上がるより早く、彼女が弾き飛ばされた。その瞬間、ティラナは長剣を振るったようだったが、なにかの効果があったかどうかは判然としなかった。

彼女の小さな体が、傷だらけの壁に押しつけられる。

「ティラナ⁉」

自分が襲《おそ》われたときよりは、まだマシな視点で見ることができた。

ぼんやりとしたシルエット。

姿は見えない。だが狼はそこにいる。強固な鎧《よろい》で護《まも》られた腕を盾《たて》にして、ティラナはいまも格闘している――。

「？」

倒れたソファーのすぐ横に、右腕付きのカービン銃《じゅう》が転がっていた。比喩《ひゆ》ではない。あの警備員の右腕が、銃を握ったまま落ちていたのだ。

マトバは迷わず、そのカービン銃を手に取った。血だるまの腕を振り捨てることに、ためらう余裕さえなかった。

一度弾倉《だんそう》を外して残弾《ざんだん》を確認。満タンだ。持ち主は一発も撃てなかったらしい。再装填《さいそうてん》してセレクターを弾き、フルオートで発砲《はっぽう》する。マトバの拳銃《けんじゅう》の九ミリ弾など、問題にならない威力のライフル弾だ。それがわずか数秒間で、三〇発ほどたたき込まれた。

絶叫。まだ動いている。マトバは以前に戦った吸血鬼のことを思い出した。あの女もライフル弾《だん》三〇発くらいでは死ななかった。

警備員の死体に飛びついて、予備弾倉《だんそう》を探る。すぐに見つかった。装填《そうてん》して発砲《はっぽう》。狼《おおかみ》がよろめきながら、こちらを向く。ティラナが身をよじり、自分の左腕に食いついている顎《あご》を切り裂く。牙《きば》が離れた。

「もっと撃て！」

言われるまでもない。さらに撃つ。ティラナは着地し、長剣で前脚を薙ぎはらう。切断された前脚から、鮮血《せんけつ》がほとばしる。

狼が飛びかかってきた。最初ほどの勢いはない。姿もほとんど見えるようになってきている。今度は横っ飛びにかわすことができた。

下がりながら、さらに弾倉を交換。死体から回収できた弾《たま》はこれが最後だ。なるべく頭部を狙《ねら》って撃つ。銃声《じゅうせい》のほうがずっとずっと大きいのに、なぜか肉がはじけて骨がくだける音のほうが耳に残った。

狼が倒れてもがく。

「バケモノめ……！」

ティラナが飛びかかり、長剣を脳天に突き立てる。一度では足りない。二度、三度と刺突《しとつ》を続け、四度目は刺したまま前後左右にねじりまくる。エレベーターの扉《とびら》を強引にねじ開けたあの力で。

　絶命の寸前、狼が一度はげしく身をよじった。ティラナの体が放り出され、反対側の壁まで飛んでいった。

「ティラナ！」

　最後の銃弾《じゅうだん》数発をたたき込んでやろうとしたが、その必要はないようだった。

　狼はもう動かない。完全に死んでいた。

「やれやれ……」

　その場にへたり込みそうになるのをぐっとこらえ、よろめきながらティラナのほうに向かう。彼女は額縁《がくぶち》ごと床《ゆか》にたたき落とされ、ガラス片の中でぐったりとしていたが、すぐに身じろぎして起きあがった。

「ティラナ。無事か？」

「どうにかな。病み上がりには少々こたえたが……」

　彼女がこの種の軽口をたたくのは珍しいことだ。よほどきつかったのか、それともマトバの軽口が伝染したのか。

「いまの二頭で全部か？」

「…………。そのようだ。もういない」

　ティラナは立ち上がろうとして、尻餅《しりもち》をついた。

「おい、しっかりしろよ……」

助け起こそうとして、左腕をつかむ。

「うっ……！」

彼女が苦痛に顔をしかめた。ティラナはいつもの魔法で鎧姿《よろいすがた》に変身していたのだが、その手甲《てっこう》がいびつに変形していた。

銃弾《じゅうだん》さえはじく彼女の鎧が、狼《おおかみ》に食いつかれてひしゃげている。マトバはやっと、自分の左腕もひどい有様《ありさま》だと気づいた。肘《ひじ》から先が焼けるように熱く、痛い。もうほとんど力が入らないくらいだ。

とはいえ、二人の腕はとりあえず無事だった。骨折すら免《まぬか》れている。マトバの傷のほうがひどかったが、間に合わせで巻き付けていたフロアマットと、彼女自慢の白銀の鎧が、そう変わらない仕事をしたのは奇妙なことだった。えてして実戦というのは、そうしたものではあるのだが。

「ヘンリクセンを捜すぞ」

マトバは言った。望み薄だが、そもそも彼のために二人はこうしてひどい目にあったのだ。やるべきことは最後までやらねばならない。

「待て、ケイ。それより……遣《つか》い手を追うべきだ」

「遣い手？」

「狼の遣い手《ヴエラム》だ。きっと、まだ近くにいる。あれはただの野獣《やじゅう》ではない。モイラ神の信徒なら、こうした術《ミルディ》を使うこともありうるだろう」

「それはわかるが……」

魔法の理屈なんぞ知ったことではないが、現代の地球人たるマトバにも『遣い手』の存在は容易に想像できた。

なにしろ、これは計画的な襲撃《しゅうげき》だ。

街をでたらめにうろついていた狼が、たまたま誰にも発見されず、しかも何かの理由で停電した高層住宅に迷い込み、重武装の警備員やヘンリクセンを襲《おそ》ったなんて、ありえない。

だれかがあの狼を使役《しえき》したのだ。

そもそも、このサンテレサでDEAのエスコバル（もしくはメイス、もしくはクレメンテ）が惨殺《ざんさつ》された時点でそれははっきりしている。

問題は、それが何者なのかだ。

「近くにいる？　嗅《か》ぎつけられるのか？」

皮肉ではなく、期待をこめてマトバはたずねた。だがティラナは悔《くや》しげに唇《くちびる》を噛《か》み、地球人風の仕草で首を横に振った。

「それは……わからない。あの魔法使い——ゼラーダの件を覚えているだろう？　奴《やつ》も死人《しびと》を使役していたが、だからといって奴をたどることはできなかった。地球の言葉ではうまくいえないのだが……魔力《ラーテナ》のつながりがないのだ」

「つながり……？」

「この種の術《ミルディ》の場合、術者《ミルディーテ》は使役者《しえき》を常に支配しているわけではない。決まった命令を下し、あとは放置する。だから『アイネ』を……これは『線《ライン》』とでも呼ぶべきか？　その『線』をたどることができないのだ」

自信のない声だったが、マトバにはおおよそ理解できた。要するに、あの狼《おおかみ》が自律《じりつ》操作のロボットだったのか、遠隔《えんかく》操作のラジコンだったのか、という違いだ。

この場合、あの狼はロボットだったということだろう。

だれかに操《あやつ》られてはいたのだろうが、ラジコンのようにリアルタイムで命令を受けていたわけではない。

だから通信経路を保持する必要もないはずだし、そのために『経路《アイネ》』を追跡することも困難だということになる。

「追えないのか？」

「そうだな。確実な手段は……ない」

歯切れの悪い声でティラナは言った。

「だったらいまはヘンリクセンだ」

マトバは立ち上がり、あらためて声を張り上げた。ティラナも反論はしなかった。

「中尉《ちゅうい》！　ヘンリクセン中尉！　返事をしてください！」

狼との戦いでめちゃくちゃになった広大なリビングに、彼の声が響きわたる。やはり返事はなかった。

室内を歩き回ってみる。

厨房《ちゅうぼう》とＡＶルームで、ほか二名の警備員が無惨《むざん》に殺されていたが、ヘンリクセンの姿は影も形もなかった。このアパートは二階分のデュプレックス（メゾネット）になっており、五五階がヘンリクセンの居室《きょしつ》となっているようだ。

「ケイ。寝室だ。来い」

上の階を見にいっていたティラナが、吹き抜け越しに彼を呼んだ。上階のヘンリクセンの寝室に行ってみると、強い風が吹き込んできた。

広々とした寝室の窓ガラスが割れている。めちゃくちゃに荒らされた調度類。壁や天井に弾《だん》痕《こん》も残っており、床《ゆか》にはぽつんと、四五口径の自動拳銃《けんじゅう》が転がっていた。

割れたガラスのそばまでいって、おそるおそる下をのぞき込んでみた。なにしろここは五五階だ。

眼下のサイプレス通りに、救急車が駆《か》けつけているのが見えた。米粒のような人だかり。すでにマトバは応援を要請していたが、あの救急車はだれかの通報によるものだろう。

「ヘンリクセンは下にいるようだな」

「くそっ」

「こんな高いところに住まなければ、あんな死に方はしなかっただろうに」
「狼《おおかみ》に食い殺されるよりはましだ」

4

応援の警官が来たのでマトバたちは現場を預け、近くの総合病院で治療を受けた。

噛《か》み傷の手当てというのは一種の拷問《ごうもん》のようなものだ。消毒液をひたしたガーゼを、どでかいピンセットで傷の奥まで突っ込んで、ぐいぐいとかきまわす。局所麻酔《ますい》なんか使ってもくれない。しかもそれが四か所だ。相手が妙齢の女性医師でなかったら、F言葉を連発してわめき散らしていたことだろう。

治療が済むと、薬をもらって安静にするように言われた。まったくもってそうしたいところだったのだが、状況が状況なのでそうもいかない。

すぐに現場に戻る必要があった。市警本部の殺人課とテロ対策室、そして内部監察課の刑事たちが来ているので、現場で状況を説明しなければならない。ティラナは打ち身と擦り傷くらいで済んでいたが、ひどく眠そうだった。

「気が進まない」

病院から先刻の高層アパートに向かう途中、ティラナは助手席でつぶやいた。

「あんな場所はもう見たくもない。なぜあれこれと説明しなければならんのだ?」

「我慢しろ。やることをやらんと、俺《おれ》らがヘンリクセンたちを殺したとか言われるぞ」

「ばかばかしい」

現場ではすでに電力が復旧していた。五四階まで歩いて上ることになるのではないかと心配していたが、そうはならなくてほっとした。

ヘンリクセンの住んでいた階には、各部署の責任者が待っていた。ジマーもだ。夜中にたたき起こされて駆《か》けつけたので、ひどく不機嫌そうだった。

部屋を歩き回り、状況のあらましを説明する。リビングで転がっている二頭の狼《おおかみ》を、どうやって倒したのか話すと、テロ対策班の警部は感心したように笑い、内部監察課の警視は疑いの目でうなり声を発した。ジマーはなにも言わなかった。

「タイミングが不自然ではないかね」

と、内部監察課の警視が言った。

「君らが聞き込みに言ったその直後に、この狼どもがヘンリクセン氏を襲撃《しゆうげき》したなど。できすぎてる」

「それは自分も疑問ですが――」

と、マトバは認めた。

「――あくまで事実を話しているだけです。襲撃者の意図まで、憶測《おくそく》を語るわけにはいきませんから」

「狼の侵入経路は聞いているかね?」

「いえ」

「屋上だ。ヘリポート用の共用通路から、停電と同時に侵入した。だが金属製の頑丈《がんじょう》なドアがある。狼が器用にドアノブを回したとは思えないから、だれかがドアを開けたのだ」

「それなら停電もね。原因は分かっているんですか?」

「複数の配電盤に細工がしてあったそうだ」

と、ジマーが言った。

「無線の遠隔式《えんかくしき》で起爆《きばく》するタイプの、ごく小さな発火装置が設置してあったのだろう、と鑑識は言っている。部品の大半が焼損《しょうそん》しているから、断定的なことは当分いえないだろうがな」

「いずれにしても、あの狼をけしかけた奴《やつ》は、そこらのテロリストよりもよほどマシな仕事をしてのけたわけだ」

と、テロ対策班の警部が言った。

「なにしろあのヘンリクセンを殺したわけだからな」

「そんなに有名だったんですか?」

「とても。彼を殺したがっていた者はあまりに多い。多すぎて、容疑者など絞りようがないくらいだ」

「そうですか」

敵が多いとは本人からも聞いていたし、想像もできる。だがそれ以上のヘンリクセンの仕事内容について、その場の責任者たちは教えてくれなかった。

「まあ、きみたちが彼を殺したわけではなさそうだ。……いや、冗談だよ。正午までに報告書を頼む」

「了解です」

マトバは責任者たちから解放され、現場の鑑識チームと立ち話をした。それによるとあの狼《おおかみ》たちが屋上に運び込まれたのは、残留する体毛や排泄物《はいせつぶつ》から、おそらく五時間以内だということだった。

侵入の手段はわからない。きわめて静粛性《せいしゅくせい》の高いヘリで輸送されたのか、清掃用のゴンドラでも使ったのか、もしくは予測不可能なセマーニ的手段が用いられたのか。

「マトバ」

現場をうろつき思案していると、折衝《せっしょう》の終わったジマー主任が彼を呼んだ。

「ご苦労だった。近所でなにか食うか」

時計を見る。もう午前の三時を過ぎていた。

「こんな時間ですよ。ファミレスくらいしか……」

「それでいい。来い。エクセディリカもだ」

「…………」

ティラナが無言で従った。気が進まなかったが、マトバも肩をすくめてジマーの後についていった。

中央街《セントラル》のはずれのファミレス、そのボックス席で、疲れ切った中年女のウェイトレスにハンバーグやパスタを注文してから、ジマーは切り出した。

「なにを隠している?」

単刀直入《たんとうちょくにゅう》の質問だ。

ティラナもまったく同じ考えのようで、マトバをじっと見つめている。

「いえ、別に。なにかを隠してるわけじゃありませんよ。ただバタバタしてたせいで、気になることを説明する機会がなかったせいで……」

「だったらいますぐ、きっちり話せ」

眠そうだが、断固とした声でジマーは言った。

「いま?」

「いまだ」

「…………」

マトバは周囲を見回した。未明《みめい》の店内はほとんど人がいない。休憩中のタクシー運転手と、どこぞのアマチュア・ロックバンドらしき若者たち。それだけだ。席も離れているし、自分の声が聞こえることはないだろう。

もっとも、五〇がらみの黒人男と見た目は一〇代のセマーニ人少女、そして東洋人の自分という組み合わせはかなり目立つことだろうが。

「もともと、すぐに話そうと思ってたことです。さっきの襲撃《しゅうげき》がなかったら」

マトバは前置きした。

「これまで狼《おおかみ》で三人が殺された。全員、俺《おれ》の戦争時代の知った顔で——同じ基地の、同じ偵《てい》察《さつ》チームだった」

「それはわかっている」

「だが、とりたてて親しいわけじゃなかった。限られた期間、一緒に仕事をしていただけの相手でね。せいぜい三か月くらいか。……だから俺自身は関係ないと思ってたんだ。アルハンブラからの帰り道に襲《おそ》われたのだって、たぶん偶然だと」

そう思っていたのは本当だった。つい先刻、ヘンリクセンとああして話すまでは。

「マトバ。おまえらしくもないな」

「信じてもらえるかどうか、確信がなかったんですよ。殺された連中とは、本当に親しくなかったんです。戦後もほとんどやりとりはなかった。戦友なんて呼ぶのもおこがましいくらいでね。ただ一つ、連中との印象深い出来事は——狩りなんです」

「狩り?」

と、ティラナが言った。

「ああ。ヘンリクセンとの別れ際の話だ」

「たしかに、どうでもいいような思い出話をしていたな」

「実は、どうでもよくない。わざと話したんだ。連中とチームを組んでた期間中の話でな。待機時間が長くて退屈していたスカーレットたちが、近所に狩りに出かけた。水牛みたいな動物で、ええと……」

「ノレーゲン」

「そう。『ノレーゲン』。セマーニ世界の水牛だよ。よくいたんだ。あの基地の周辺に」

なにしろマトバは最初、現地で放牧されてるのかと思ったくらいだ。

「……で、その水牛を狩りに出かけた連中の車が、湿地帯《しっちたい》の泥にはまって動けなくなった。敵の支配地域との、かなりギリギリの場所だったんだ」

「それで……?」

と、ジマーが続きを促《うなが》した。

「これは実のところ、政治的にもかなりヤバい。なにしろ日米両軍の合同作戦中だし、厳しい目で見られてる。軍規違反は大問題だ。向こうの指揮官のヘンリクセンはどうでもいいが、俺の上官だって責任を問われる。いい人だったんだ。娘さんも二人いて。いつも会いたがっていた」

結局その後、その上官は戦死したのだが。あのときはそんな運命が待っているとは思わなかった。

「バカやって立ち往生《おうじょう》したスカーレットたちから、連絡を受けたのは俺《おれ》だった。無線の当直だったんだ。だれにも相談できなかったから、一人で連中を拾いにいった。若かったしね。それが最善だと思ったんだ」

四輪駆動《くどう》の高機動車に工具を満載して、マトバは一人で現場に向かった。スカーレットたちは、報告どおりに立ち往生していた。その中には後にDEA捜査官となるエスコバル（クレメンテ）もいた。

「やっと駆《か》けつけてやったのに、連中ときたらやたらとイライラしていた。こっちが泥にまみれて車体をチェックしていたのに、後ろでギャアギャア言われたよ」

さっさとしろ、このジャップ。

そこまで言われた。

全員殺してやろうかと思うほどムカついたが、上官や仲間のことを思って、黙っていた。ここで問題が起きるのはよくない。それくらいの分別《ふんべつ》は、当時のマトバも備えていた。

結局、泥濘《でいねい》の中の立ち往生は、車の電子制御が原因だった。アクセルを踏み込んでタイヤが空回りすると、それ以上がんばらずに車が回転を自動的に止めてしまう仕組みのせいだったのだ。

車の整備係と親しかったおかげで、マトバはその場合の裏技を知っていた。エンジンスタートのボタンを二度押しして、アクセルを決まった間隔で踏めばいいのだ。

あとは車ががんばるだけ。

泥を跳ね上げ空転を繰り返しながらも、しっかりした地面に、どうにか車体が乗り上げてくれるという寸法だ。

「立ち往生はすぐに解決して、基地に戻ったよ。だが妙だとは思っていた」

「妙？　なにがだ？」

「『荷台は見るな。アナグマが一頭いるだけだ』と言われたんだ。何度もな。それでまあ……従った顔をしたんだが。実はこっそり盗み見た」

「なにを見たのだ？」

「木箱だよ。ラグビーボールが入るくらいの。中身は知らん」

「それだけか」

「それだけだ」

「よくわからん」

と、ティラナが言った。

「そのときの経験と、いまの事件と、どういう関係があるのだ？」

「さっき言っただろ。俺と連中の接点なんて、それくらいだと」

「ふむ……？」

「立ち往生《おうじょう》した連中の車。そこにやってきた俺《おれ》。荷台には——あの箱の中になにがあったのか知らんが、見られて困る重要なアイテム。これは仮定だが……もしあのとき、あの場所を監視しているだれかがいたとしたら——たぶん、俺もグルだと思うだろうな」

点々と岩山がある、泥だらけの地形だった。低木はたくさん生えていたが、見通しはよかった。地球の戦場なら狙撃《そげき》におびえていたことだろう。

それにだれかがこちらを監視していたとしても、気づくことは不可能だった。

「あー、つまり？ 当時のスカーレットたちは、なにか重要なものを入手していて、そのせいでいま、狼《おおかみ》に襲《おそ》われたということか？」

「仮定ですよ。あくまで」

マトバは肩をすくめた。

「今日《きょう》——というか昨日《きのう》、エスコバルが殺されて、スカーレットと同じチームだったとわかってから思いついたんです。それからヘンリクセンと会って話して、まあ……そういう線もあるかもな、と思った程度の話でして」

確信なんか、これっぽっちもない。だからいままでティラナにも話さなかったのだ。

「重要じゃないか」

「そうですかね？」

「重要だ」

　ティラナも同意した。責めるような口調《くちょう》だった。

「だとしても、しっくりこないだろ。スカーレットたちが俺に隠していた『なにか』が、麻薬や財宝だったとしたら?」

「動機としては十分だろう」

「いや。ヘンリクセンは大金持ちだった。狼をけしかけただれかが、カネがほしいだけなら、なにも殺すことはない。脅《おど》して交渉すれば済むことだ」

「ヘンリクセンがその交渉を突っぱねたなら?　そして見せしめにスカーレットたちから殺し、『今度は本気だぞ』と……」

「まあ、それもありうる。だが今夜の一件で、敵はカネを入手する手段を永遠に失ってしまったわけだ」

「モヤモヤするが、たしかにヘンリクセンを殺す理由にならないな」

　ジマーがうめき、コップの水をすすった。ウェイトレスがようやくコーヒーを持ってきたので、一同はすこしの間、無言でいた。

「問題はおまえだ、ケイ」

　ウェイトレスが遠ざかってから、ティラナが言った。

「狼の遣《つか》い手は、おまえのことも狙《ねら》っているのではないか?」

「そうかもな。なにも知らないこの俺を。ご苦労なこった」

「なにをのんきに……」

「あの戦争に参加した元兵士なんだ。どっちにしても、殺すには十分な理由だろう」

第二次ファルバーニ紛争に加担《かたん》した地球側の兵士は、セマーニ人からひどく恨まれている。『平和維持』の名目《めいもく》でやってきて、好き放題の略奪《りゃくだつ》、虐殺《ぎゃくさつ》を繰り返した悪魔ども。戦士をいたぶり、乳児を殺し、女は犯し、数え切れないほどの町や村を焼き払った……ということになっている。

まったくの嘘《うそ》ではない。

泥沼化した戦争の最中は、そういうことをやらかした連中も確かにいた。だが経験から言えば、そんな悪党は一〇〇人に一人だ。ほとんどの兵士は真面目《まじめ》だったし、セマーニ人がなぜ自分たちを憎むのかもわからず、困惑するばかりだった。

だが一〇〇人に一人でも、悪魔は存在するのが問題だった。

戦争行為そのものの宿命といってもいい。特に戦役《せんえき》が長期化すると、必ずそうした問題が起きる。ベトナム戦争のソンミ村。イラク戦争のアブグレイブ刑務所。必ずだ。

もちろん敵は大喜びで喧伝《けんでん》する。プロパガンダに利用する。しつこく、しつこく。そしていつのまにか、地球からきた平和維持軍は、悪の帝国軍になっている。

詳細な事実関係なんて、だれも調べようとしない。どこか遠くの地方で悲劇が起きたからといって、それをやったのが第ナントカ師団の第ナントカ中隊で、被害者の証言がどの程度信頼できて、責任者や実行者が何年後、異世界の軍事法廷でナントカいう罪によって懲役刑《ちょうえきけい》を受けたかなんて、だれも知らない。

現実では、事実関係を詳《つまび》らかにするには時間がかかる。

だが大衆は悲劇を聞いてからわずか数日以内に、『犯人は捕まり、死刑になった。それもむごたらしく』という物語を聞かなければ不服に思うのだ。彼らの望む刑罰の形が、公平な裁きからはもっとも離れているにもかかわらず。

航空機事故のニュースなども同じだ。調査チームは粉々になった機体の破片をかき集め、じっくり吟味《ぎんみ》しなければならない。原因を完璧《かんぺき》に調べるまでは時間がかかる。一年か、二年か。場合によっては一〇年以上だ。人々はそんな長期の調査に我慢できない。だからたいていは、事故の翌日くらいには、機長か航空会社を悪者だったことにして安心する。ずっとあとに小さな記事で『機長に責任はなかった』と報じられても、そんなことはだれも気にしない。悲劇の原因は、もっと複雑で専門的《テクニカル》なのに。

「俺《おれ》たちは恨まれてる」

と、マトバはつぶやいた。

「命令であの土地に行っただけなのにな。『行け』と言った政治屋どもは、そのころにはもう別の役職だ。自伝で言い訳くらいはするかもしれんが。自分の命令で大勢死んだことなんて、考えもしない。へどが出るよ」

「そう腐るな、マトバ」

ジマーが言った。

「セマーニ世界は知らんが、わしもイラクには行った。言いたいことは、まあ、わかる」

「すみません。っていうか、主任も軍に？」

「海兵隊だ。ファルージャ（イラク戦争の激戦地）でもいろいろ……ああ、そんなことはどうでもいい。それより、いまの敵のことだ」

「ええ」

その通りだ。いまは昔のグチを言い合うときではない。

「その当時、スカーレットたちが隠していた積み荷について、心当たりはないのか？」

「ありませんね。あったらもう話してる。それにずいぶん昔の話だし」

マトバはため息をついた。

「もう一つ、わたしが気になることがある」

「なんだ？」

「なぜあのとき、ヘンリクセンに聞かなかったのだ？」

「なにを？」

「イオタの怒り」

ティラナが言った。

「スカーレットとエスコバルの、両方の現場に残されていた言葉だ。なぜあの言葉について、たずねなかった？」

「迷ったさ。だが……そこまで聞いたら、ヘンリクセンが警戒すると思ったんだ。もう少し事情が見えてきたら、切り札として使うつもりだった」

「ふむ……」

「まったく。どうせ死なれちまうなら、あのとき言っときゃよかった」

「わしにはよくわからんのだが。その『イオタ』ってのは何なのだ？　宇宙人の言葉でなにかの意味があるのか？」

ジマーに聞かれて、ティラナは首を振った。

「いや。すくなくともファルバーニ語には、そうした言葉はない。わたしには地球語のように思えるのだが」

「ギリシャ文字なら『イオタ』はあるよな。英語なら『I』か」

「わたし《アイ》の怒り？　『わたしは怒っている』？　それだけではなにもわからぬ」

「日本語っぽい感じもするぞ」

マトバは、ジマーの愛車がトヨタなのを思い出した。

「ああ。それも違います。日本語にも『イオタ《アイオタ》』なんて名前や地名はない。いや、俺《おれ》の知らないどっかのド田舎《いなか》にはあるかもしれないけど、普通に考えればギリシャ文字を連想しますよ」

「ふむ……」

ここに至っても、わからないことだらけだ。

「その戦争のトラブルのとき、ほかにいた連中はまだ生きているんだな?」

「スカーレットたち以外に? ええ。あと二人いるはずです」

ポール・ランド軍曹《ぐんそう》と、ダニエル・コール伍長《ごちょう》。こちらは同僚のキャミーとジェミーに頼んで、消息を探ってもらっている。

「なんとしてでも、その二人の安全は確保しなければならん。この地球のどこにいるかは分からんが……」

ファミレスのウェイトレスが料理を運んできた。盛りつけはまあまあだが、レンジで温めただけのパスタを一口食ったところで、電話があった。キャミーからだった。

「ほら来た」

マトバは電話に出た。

『お探しの元戦友の件だけど』

「ああ。なにかわかったかい?」

『コール伍長はもう死んでるわ。一年前、オレゴンで。登山だか狩りだかの最中に、遭難《そうなん》したみたい』

「なぜいままでわからなかったんだ?」

『行方《ゆくえ》不明扱いだったから、検索にヒットしなかったんでしょうね。いまでも厳密には生死不明。でも、まず間違いない』

なんてこった。だがひとまずはそれを信じておこう。

「もう一人のランド軍曹は？」

『生きてるわ。たぶん』

「たぶん、ってなんだよ」

『はっきりしないの。戸籍はこのサンテレサ市なんだけど、二年前から行方不明。でも年金の受給記録は残ってて、その後、市から出ていないから……たぶん、まだこの街にいるはずよ』

「それだけじゃ、よくわからない。ランドの住所は？」

『住所はないわ。わかるでしょ？』

「ホームレスだと？」

『今年の冬を越せてればね。だから『たぶん』って言ったのよ』

たいしてうまくもないスパゲティをかきこんで、払いはジマーに押しつけてから、マトバはティラナを引っ張ってファミレスを後にした。

疲れていたし、眠かったが、いまはランド軍曹を保護することが最優先だ。キャミーの推測どおりに、ホームレスになっているのだとしたら、もう手遅れかもしれないが。

ジマーのほうからも各分署に手配をしてくれた。パトロール中の警官たちがランド軍曹《ぐんそう》の行方《ゆくえ》を探してくれているが、たぶん、成果はないだろう。

ホームレスたちは、互いの本名などほとんど名乗らない。よしんば知っていたとしても、日ごろのパトロール警官たちの、彼らへの態度を思えば、協力的にはならないだろう。

「むしろこういう領分は、風紀班《バイス》だ」

セブン・マイルズに車を走らせながら、マトバは言った。

「心当たりがあるのか？」

「さっきオニールに電話した。三〇分後に店に行くから、それまでに手がかりをつかんでなかったら、バッジを掲《かか》げて大暴れしてやると……」

「おまえはひどい警官だな」

「うるせえな。これがいちばん早いんだ」

実際、早かった。

セブン・マイルズの歓楽街にクラブを構える情報屋のオニールは、ひどく不服そうな態度でマトバたちを出迎えた。

禿頭《とくとう》のひょろりとした黒人男だ。今夜は詰め襟の僧服に、星形のサングラスをかけている。

「マトバ刑事！　あなたはまったくひどい人だ！　私はこの夜、迷える子羊たちに人生のなんたるかを講義していたのだよ？　具体的には、保守的な性的価値観を持つパートナーに対して、どう説得すれば霊的なオーラル・コミュニケーションを達成できるのか、そのきっかけを——」

「オーラル・コミュニケーションだ？　うるせえ。おまえのフェラチオ講座なんかどうでもいい」

「大事なのに！」

「ランドは見つかったのか？　今夜は急いでるんだ」

「それは理解したがね、この苦労に対しては、それ相応のギャランティを——」

「ムショに戻りたくなきゃ、早く言え」

「どうぞ」

オニールは殴り書きのメモ帳を手渡した。

メイポート地区のディエゴ通り。あだ名は『ハンセン』。

それだけだった。

「これで全部かよ？」

「年齢、体格、おおよその経歴。それだけでここまで絞った私の力を、もっと評価してほしいものだがね」

「情報源《ソース》は？」

「人望ゆえだよ、マトバ刑事。私は市内の各所で、ホームレスのための慈善事業も展開しているのだ。めぼしい知人に声をかければ、喜んで協力してくれる」

「ふん。どうせそいつらにスマホでも買わせてるんだろ」

食事や酒を餌《えさ》にして、ホームレスたちにスマホを買わせる。もちろんスマホはすぐに回収。ちょっといじれば、だれが使っても追跡困難な回線とアドレスが一丁上がりだ。定価の数倍でも買う奴《やつ》はいることだろう。

「失敬な！　彼らに対価など要求していない。ただ少々、私の布教《ふきょう》活動に理解と協力を求めているだけで……」

「うるせえ。その辺はとりあえず目をつぶっておいてやる。だが無駄骨だったら許さねえぞ」

イライラした声でマトバが言うと、オニールの用心棒を務めるケニーがなだめるように言った。

「マトバの旦那《だんな》。そこはねぎらいの一言くらいお願いしますよ」

「なんでだよ。俺《おれ》がこいつに気を遣《つか》えってのか？」

「ええ。じゃないとこの後、ボスは微妙にストレスをため込むんです。捨て鉢になって、はげしく派手《はで》なパーティを開催しようとするもんで」

「そりゃすまなかったな。面倒見てやれよ」

冷たく言い放ち、店を出る。

車に乗ると、ティラナが助手席で『ケニーにはもうちょっと優しくしたらどうか？』と言ってきた。

「なんでだよ」

最近、ティラナはやたらとケニーに同情的だ。

「意外といい奴なんだ。あんな見た目だが……いつも周囲のことを気遣ってくれる」

「ケニーに惚《ほ》れてるのか？」

「ばっ……ふざけるな！　そういうことではない！　ただ、わたしは……」

「はいはい、俺だってわかってるよ。ケニーはわりといい奴だ。だがとにかくいまは、ホームレスの元軍曹《もとぐんそう》を捜さにゃならん」


車を発進させる。ティラナは頰《ほお》をふくらませて、『やはりおまえは最低だ』とつぶやいていた。

メモにはディエゴ通りとあったが、目当てのランド軍曹がその住所に住んでいるわけではないようだった。

厳密にいえば、ディエゴ通りから半ブロック離れた高速道路の高架下《こうかした》だ。

頭上は巨大なコンクリートの天蓋《てんがい》。フェンスに囲まれている空き地には、かつては『立入禁止』の札がかかっていたのだろうが、いまではだれも気にしていない。廃材で組み立てた小屋や、修繕跡《しゅうぜんあと》だらけのテントが点々と並び、空《から》のドラム缶がたき火に使われている。

五月のいまは、もう寒くない。たき火に集まり暖をとる必要はなかったが、薄汚れた男たちにとってはそこがリビングみたいなものなのだろう。夜明け近くのこの時間でも、たき火に集まり不機嫌な会話を繰り広げていた。

ごみや廃材がそこかしこに転がっている。すえたような悪臭が漂《ただよ》っている。

そんな場所に、ぴかぴかのコルベットで乗り付けてきた、アルマーニのスーツ姿の男とセマーニ人の美少女が、目立たないわけがなかった。

「注目されてるぞ」

警戒心もあらわにティラナが言った。

「そりゃあな。だがほっとけ。ここはそんなに危なくねえよ」

「そうなのか?」

「ああ。怖がられてるだけだ」

堂々と法を犯したり、ギャングになったり。それすらできない連中が流れ着くのがこの場所だ。彼らこそ、こちらをギャングかなにかだと思っていることだろう。連中がマトバたちに対して思っているのは、ただ『さっさと用を済まして出ていってほしい。その用が自分と関係なければ、なおのことありがたい』といったところだ。

「今夜はおもしろい観光ツアーだな」

と、マトバはぼやいた。

「ヘンリクセンの豪邸《ごうてい》を楽しんだあとは、テント小屋だらけのこんな場所だ。地球世界の矛《む》盾《じゅん》ってもんを味わえるだろ?」

「………」

ティラナはなにも言わなかった。セマーニ世界だって、似たようなものだと思ったのだろう。

それにしても、高架下《こうかした》はうまくない。上空から完全に遮られてしまう——。

たき火のそばでうずくまっていた男に、マトバはたずねた。

「なあ。あんた。……そう、あんただ。『ハンセン』を捜してる。どこだ?」

「それは……」

男はもごもご口を動かし、うつむいた。

「話をしに来ただけだよ。むしろ彼のためなんだ。教えてくれ」

男は周りの仲間たちと顔を見合わせ、しぶしぶとうなずく。

「あっち……」

「どのあっちだ?」

「あっちだよ……」

しわだらけの指をぶるぶると振るわせて、ホームレス団地の奥をさす。

彼らを雨風からかばう高速道路の天蓋《てんがい》が、ぐっと低くなっていくスロープの突き当たり付近だった。

ここに住むしかないなら、あの場所に居《きょ》を構えたい——そう思わせるような、快適で奥まったあたりに木板でできた小屋があった。作り付けの屋根の上には、おもりのタイヤがいくつも並んでいる。ここは海に近いので、朝か夕は風が強いのだろう。

その粗末な小屋の前に、粗末な男がいた。

のび放題の髭《ひげ》。なぜか日本の球団タイガースの野球帽。すり切れたカーゴパンツと穴だらけのシャツ。ぼろぼろのロッキングチェアに沈み込んで、酒瓶《さかびん》を片手にうとうとしている。

「『ハンセン』はどこだ？」

「…………」

「なあ。彼に話があって来たんだが」

野球帽の男は居眠りしたままだ。小突いて起こそうかと思ったが、起こしたところでまともな話はできないだろう。

「少なくとも、この老人ではないだろう」

「ああ。まだ四〇代のはずだからな」

男に背を向け、小屋の扉《とびら》をノックする。

「ランド軍曹《ぐんそう》！　いるか？　ＪＧＤＦのマトバだ！　ゼーマイ基地《キャンプ・ゼーマイ》を覚えてるだろ！」

返事はなかった。留守なのか眠っているのか。壁板の隙間《すきま》から中の様子もうかがえるが、人の気配は判然としなかった。

ティラナが鼻先を小さく動かす。

「ケイ。ちょっと妙だ。中から――」

「ランド軍曹！　大事な話なんだ！　出てきてくれ！」

ティラナの言葉を遮り、マトバは叫んだ。

やはり返答はない。手作りのドアはぺらぺらで、蹴破《けやぶ》るのは簡単そうだ。

「わかった。だったら勝手に入るぞ！」

ドアを蹴ろうと身構えた直後、背後でがちゃりと金属音がした。

眠りこけていたはずの爺《じい》さんが、短銃《たんじゅうしん》身のレバー式ショットガンをこちらに向けていた。

「すまんが、おれの家を壊さんでくれるかね？」

男が言った。よく見れば老人ではない。二の腕はたくましく、銃口《じゅうこう》はみじんもぶれていなかった。

「それに子供が寝てるんだ。こんな時間に大声はやめろ、マトバ軍曹」

「ランド？　あんたか？」

「そう呼ばれるのは久しぶりだ。いまはただの『ハンセン』さ」

ランドは銃をおろし、自分の野球帽をつついてみせた。どうやらハンシンがなまって、そう呼ばれるようになったらしい。

「ちっともわからなかった」

「わからんようにしてるんだ。……だがマトバ、おまえさんは見つけてきたな」

「簡単だったよ」

「そうか。ここもそろそろヤバいってことだな……」

ランドは深いため息をつき、伸び放題の顎髭《あごひげ》を掻《か》いた。

「それで？　おまえさんは俺《おれ》を殺しにきたようじゃなさそうだが。どこのギャングの手下になったんだ？」

「ギャングじゃない。サンテレサ市警だよ」

「それだってギャングみたいなもんだ。おまえさん刑事《デカ》か」

「そんなところだ」

「ふーん。ここにも一人、あのインチキな異世界を忘れられない、戦争の被害者がいたわけだな」

「故郷《くに》に帰らず、未練がましくこの街にいるってことなら、あんたも同じだろう」

「その通りだ。そっちのお嬢ちゃんは？」

ランドがティラナを指さす。

「相棒だ」

「宇宙人の警官だと？　なんてこった」

「アイルランド人の移民みたいなもんさ。これから増えると思うぞ」

一〇〇年以上前、アメリカに渡ってきた貧しいアイルランド系移民の多くが、警官や消防士になった。殉職者《じゅんしょくしゃ》の葬儀《そうぎ》の方法など、彼らの風習や伝統は、現代の警察にも色濃く残されている。

「時代が変わってきたってことなのかね……。まあ、入れよ」

ランドが小屋に案内した。狭く、乱雑だったが、意外なことに不潔ではなかった。ベッドのシーツもぴしりとしている。軍隊時代からの習慣が、まだ抜けきっていないのかもしれない。

勧められるまま、折りたたみ椅子《いす》に腰かける。ティラナは落ち着かない様子で、何度も小鼻をひくつかせていた。特に臭《くさ》いわけでもないのに、妙な奴《やつ》だ。

さきほど彼は『子供がいる』と言っていたが、そんな姿はどこにもなかった。生活の形跡すらない。酔っぱらいのたわごとなのか、なにかの妄想《もうそう》にとりつかれているのかは、判然としなかった。

「なにか飲むか？　密造酒くらいしかないが。おっと、おまわりさんなんだったな」

「聞かなかったことにしておく」

本当は一杯やりたい気分だったが、眠いし疲れてるしで、あっという間に酔いつぶれてしまいそうだ。

さっそくマトバは切り出した。

「スカーレット伍長《ごちょう》のことは知ってるか？」

「知っとるよ。中尉《ちゅうい》のことも」

この二人はニュースになっている。ホームレスの間で暮らしていても、知ることはできるだろう。

「実はクレメンテ軍曹《ぐんそう》も殺されてる」

「ひょっとして、ウェスト・ロックパークのギャング殺しかね？」

「ああ。実はＤＥＡの覆面《ふくめん》捜査官だった」

「そうか。あいつも運がなかったな」

すこしの間、『ハンセン』ことランド軍曹は瞑目《めいもく》した。奇妙なことだが、とりたてて悲しんでいるようには見えなかった。

風貌《ふうぼう》が変わりすぎているせいで、マトバはかつてのランド軍曹のことをよく思い出せなかった。あの偵察《ていさつ》チームの面々といったら、さんざんティラナに愚痴《ぐち》ったとおり、悪い印象ばかりが残っている。

あいつにはこんなことを言われた、あいつには冗談混じりにいきなり蹴《け》り飛ばされた、あいつからは怒鳴りつけられた。

そんな中で、ランドにはそういった悪い思い出がまるでなかった。なんとなく覚えているのは、戦闘糧食《レーション》のことだ。スカーレットかだれかと揉《も》めたあと、（たぶん）ランドが寄ってきて、『すまなかったな。食えよ』と、レーションの中に入っていたパウンドケーキを渡してきた。米軍のＭＲＥレーションはクソまずいことで有名だ。うんざりして『いらない』と言うと、彼はもう一度パウンドケーキを押しつけてきて、『これだけはうまいんだ。食ってみろ』と言った。食ってみたら、本当にうまかった。

目を丸くしたマトバの背中を軽くたたいてから、彼はその場を立ち去った。

思い出せるのは、それくらいだった。あとは問題の『狩り』の事件のときにも、ランドはその場にいたことくらいだ。

「実は俺《おれ》も襲《おそ》われた」

と、マトバは言った。

「最初は偶然かと思ったが、どうも違うらしい。心当たりといったら、ゼーマイ基地《キャンプ・ゼーマイ》でのあの『狩り』の件だ」

「……そんなこともあったかな」

「とぼけないでくれ。ヘンリクセン中尉《ちゅうい》にかまをかけてみたが、彼はすっとぼけたまま死んじまった。あの狩りのとき、俺が迎えに来る前に、あそこでなにがあったんだ？」

「忘れちまったのかね？　アナグマだかなんだかを一頭捕まえただけさ。あとで食ったが、不味《まず》かった」

「なにかのブツを隠してただろう」

「知らないね」

「あんたの身だってヤバいんだぞ」

ランドが散弾銃《さんだんじゅう》に手をかけた。マトバは同時に身を乗り出し、その腕を強くつかんだ。

「やめろ。ここで俺《おれ》たちがドンパチしたって、なんの解決にもならんだろ」

相手がすこし抵抗する。強い力だった。見た目は老人みたいだが、まだ衰《おとろ》えてなどいない。彼の手がそれ以上動かないのは、心の逡巡《しゅんじゅん》によるものだった。

目が泳いでいる。

苦悩。焦燥《しょうそう》。マトバを信じるべきかどうか、迷ってもいるようだった。

「なあランド、教えてくれ。あの狩りのとき、なにがあったんだ？　あそこは敵との競合エリアに近かったし、セマーニ人の敵部隊と遭遇《そうぐう》したっておかしくない場所だった。あんたたちは、なにか重要なものを拾うか、奪うかしたんじゃないのか？」

「俺は……なにも見ていない」

「嘘《うそ》だ。あんたは知っているはずだ」

ランドの手が震える。彼の躊躇《ちゅうちょ》には奇妙なところがあった。ただの恐れ――秘密を話すことに対する恐れだけではない。そう……なにかを護《まも》り、途方に暮れているような、そんな感触がある。

まるで病気の子供を抱えていて、その治療法をだれに聞いたらいいのかわからない父親のようだった。

「言いたく……ないんだ」

「そうはいかんだろ」

「たのむ。帰ってくれ」

「ランド――」

そのとき、ティラナが口を挟んだ。

「ケイ。聞き出す必要はないぞ」

「?」

「先ほどから『匂い《ブラニティ》』が気になっていたのだ。そのアナグマと一緒だった積み荷は、ここにある」

ティラナが立ち上がり、小屋の奥を探ろうとした。

「なにをする!? やめ――」

一閃《いっせん》。止めようと立ち上がったランドの鼻先に、ティラナの長剣《クレーゲ》の切っ先が突きつけられた。

「心配するな、ランド軍曹《ぐんそう》とやら。われわれセマーニの民は、彼らを粗雑には扱わぬ。もっとも最近では、嘆かわしいことにそうでない者もいるようだが」

「なにを言ってるんだ?」

「少なくとも、わたしは彼らの友だった」

ティラナはベッドのシーツとマットレスを引きはがした。その下の板は蝶番《ちょうつがい》付きになっていて、簡単に跳ね上げることができた。

ベッドの下には、部屋があった。

日曜大工で仕切られた、小さな小さな部屋に、文字どおりドールハウスの家具が並べられている。ロココ調の優雅なドレッサーや、刺繡《ししゅう》入りの布団《ふとん》。それだけ見たら、このランド軍曹《ぐんそう》が精神に異常を来《きた》して、ひそかにお人形遊びをしていたのだと思っただろう。

だがその小さな部屋の片隅に、小さな女の子が縮こまっていた。

せいぜい一フィートくらいしかない。

真っ白な肌《はだ》に、栗《くり》色の髪。薄手の青いパジャマ――これも人形用なのだろう。

「やめろ！　その子に手を出すな！」

ランドが声を荒らげたが、ティラナは地球人らしいジェスチャーで指先を突き出し、『静かに』と言った。

「フィーエ・シー。ノイ・レ・ティラナ、ミルヴォイ・ラータ」

妖精さん。わたしはミルヴォア騎士団のティラナ――とファルバーニ語で告げたのだろう。

マトバもファルバーニ語はある程度わかる。

彼女はそっと、もう片方の指先を差し出す。子猫か子犬でもあやすような仕草だった。

「ゾナ・ダアレ・ウンゼ・ノイ・ラブーナ……」

あなたはわたしの加護《かご》のもとにある。

直訳すればそんなところだろうが、ニュアンスとしては『安心しなさい。大丈夫よ』とでもいったところか。

ティラナの声は歌うようで、マトバでさえ心を奪われそうなくらいだった。そしてあの優しい横顔。あんな顔はクロイにしか見せない。

その小さな人間——セマーニ世界の『妖精《フィエル》』は、うるんだ瞳《ひとみ》で彼女を見上げ、それからランドを見た。

彼は不安そうだったが、ここで荒事《あらごと》は困るらしく、ただ小さくうなずいた。『大丈夫だよ、ハニー』とでも言うように。

妖精はおそるおそる、ティラナの人さし指をきゅっとつかんだ。

「いい子だ。それに健《すこ》やかでもある」

抜刀のときとはうって変わって、ごくゆっくり、しずかに長剣《クレーゲ》を戻し、ティラナは言った。

「この子を虐《しいた》げていたら許さないつもりだったが——ランド軍曹。大事にしているようだな。謝罪する」

するとランドは、むっとしたように言った。

「当たり前だ。俺《おれ》の娘だぞ」

マトバも妖精を見るのは初めてではない。

なにしろティラナ・エクセディリカがこのサンテレサ市に来て、マトバとコンビを組むことになった事件の発端《ほったん》が、まさしく妖精の『誘拐《ゆうかい》事件』だった。

セマーニ世界から連れ去られた『いと高き妖精』を、彼女が追ってきたのだ。痛ましいことに、その妖精を救い出すことはできなかったのだが、五体満足な姿は目撃している。

だがそのときの妖精――ティラナの弁では『いと高き妖精《フイエル・クエゼ・バデリイ》』はずいぶんと弱っていたし、水槽《すいそう》の中でリンゲル液漬けになっていた。

ランドが大事にしているこの妖精は、基本的に元気だし、平然と室内を跳び回っている。あいにく地球の民話みたいに、背中に蝶々《ちょうちょう》の羽がついていて自由に飛行するわけではないのだが、えらく身軽だ。机からテーブルへ、テーブルから食器棚へと、ひょいひょい動き回っている。

それにこいつは、妙に人なつっこい。

ティラナに気を許すのはまだわかるとして、地球人のマトバにまで、気軽にまとわりついて笑顔《えがお》を向けてくる。

「なんというのか……こうなのか？　普通」

人さし指の先で握手のまねごとをしながら、困惑気味にマトバは言った。

ステルス化できる巨大狼《おおかみ》との戦闘なんかよりも、むしろこういう相手のほうが調子が狂う。まるでネバーランドの住人にでもなったような気分だ。

「いや。普通は人間を警戒する。わたしのレアーヤ……友達だったあの妖精《フイエル》は、子供の頃に仲良くなったのだ」

まあ、そうだろう。少なくとも、髭《ひげ》を生やして自動拳銃《けんじゅう》を持った刑事になつく妖精は、あまりいないはずだ。

「人間にもいろいろな性格の者がいる。妖精《フィエル》とてしかりだ。この子は元来、好奇心が旺盛《おうせい》なのだろうな」

「ふーむ……」

「もしくは、ランド軍曹《ぐんそう》のおかげかもしれぬ」

ティラナはそう言って、心配顔のランドを見ながらほほえんだ。

「人間に慣れているのだ。そうした信頼関係は、簡単には築けない」

最初はうさんくさそうににらみつけていたのに、いまやティラナのランドへの態度は、ずいぶんと好意的になっていた。

「ちなみに、こいつの名前はなんて言うんだ？」

「『ユーノ』だ」

と、ランドが言った。

「『わかるだろ《ユー・ノウ》』？　わかるかよ」

「違う。『ユーノ』だ。もっとも、本人が口に出したわけじゃなくて……キーボードに打ち込んでくれたんだ。『ｊｕｎｏ』と」

妖精はしゃべらない。

発声器官のせいなのか、知能が足りないせいなのか、はっきりしないのが地球の研究での現状だ。だが、少なくとも知能の不足ではないのだろう。そもそも、カラスや犬やチンパンジー、そしてイルカの知性だって、だれがどういう基準で測るのか？

「キーボードを打つ？　そんなことができるのか？」

たずねると、ティラナは平然とうなずいた。

「もちろんだ。わたしのレアーヤだって、文字を書いた。それで名前を教えてもらったのだ」

「ふーむ……」

「だが、珍しいことだとはいえる。基本的に、妖精《フィエル》は人間《セマーニ》の言葉を使おうとはしないから。もし例外があるとしたら――」

そこで彼女は黙り込んだ。

拳《こぶし》を握り、胸にあてる。いつもの仕草。熟考《じゅっこう》するときのセマーニ人だ。

「伝令《でんれい》……？」

「なに？」

「いや。考えにくいことだが。伝書鳩《でんしょばと》のように、妖精《フィエル》を使う者がいるという話を、昔聞いたことがある。おぞましいことだが」

「こいつは鳩じゃない。飛べないだろ」

「だとしても、人間に見つからずに、険《けわ》しい地形を移動することはできる。ちょうど――」

ティラナが手を高くさしのべる。妖精のユーノが、驚くような身軽さで彼女の手首に飛びついて、すぐに一メートルくらいは離れたテーブルへと跳躍した。

「――こんな感じに。早馬には遠く及ばないが、山岳や森林を越えるなら、たぶん妖精《フィエル》のほうが速い」

「途中で襲《おそ》われたらどうするんだ。それこそあの狼《おおかみ》みたいな奴《やつ》らに」

「おしまいだろうな」

「…………」

「だが、妖精《フィエル》の発見は難しい。わたしのように術《ミルディ》の修行《しゅぎょう》を積んだ者でも、この小屋のすぐ外に近づくまで気づかなかったくらいだからな。それに伝書鳩とちがって、妖精《フィエル》は文書を持たない。野獣《やじゅう》に襲われ殺されても、機密が敵の手に渡ることはないだろう」

ティラナの声は、淡々としていた。妖精をそうした目的に使う連中に対して、強い怒りを感じていながら、それを抑え込んでいるのがよくわかった。

「……そうか。伝令か」

あの戦争のころ、セマーニ側の軍でも最低限の無線通信は使用している例はあった。地球側の技術を大急ぎで導入した、柔軟な君主もいたのだ。

だが暗号化についてはまったく稚拙《ちせつ》なレベルだった。だから頼ったのは、古来からセマーニ世界で使われていた通信技術だ。

伝書鳩《でんしょばと》のような技術もあったと聞く。もちろん地球側もそれを知っていて、ドローン対策のレーダー装置で鳩を探知し、レーザーで失明させ墜落《ついらく》させて、敵の機密文書を回収していた例もあったそうだ。

あくまで噂《うわさ》レベルである。

だがそれが事実だとして、敵のセマーニ人はどんな対策を打つだろうか？

重要な通信手段を、妖精にゆだねた？

まあ、ありうる。地球人では思いつきもしない手段だ。頭ごなしに否定するわけにもいかないだろう。

「ランド。そういうことなのか？　あの狩りのとき、この……ユーノって妖精を拾ったと？」

ランドはいまだに迷っていたが、やがて深いため息をつき、うなずいた。

「ああ。その通りだ。あのクソまずいアナグマを撃ち殺したすぐそばで、この子が倒れていたんだ。たぶん……猛禽《もうきん》かなにか……そんな動物に襲《おそ》われて、怪我《けが》をしていたんだろうな」

「偶然だと？」

「偶然だ。間違いない。それで……知ってるだろう？　あのころすでに、妖精はカネになるとわかってた。あの麻薬だ。『妖精の塵《フェアリーズ・ダスト》』だ」

「ああ……」

だれが最初に考案したのか、いまではまったくわからない。だがあの妖精を『原料』にすることで、きわめて強力、それゆえ高級な麻薬が精製できることは、当時から知られていた。セマーニ人が地球世界を憎むことになった最大の理由の一つとさえいえる。

「あれだけ活《い》きのいい妖精は見たことがなかった。麻薬にする方法なんかは、もちろん誰も知らなかったが……とにかく、いただいておこうということになった。しかるべきルートに売れば、相当なカネになっただろうからな」

「それで？　売ったわけじゃなさそうだが……」

「すぐには売れなかった。チームのだれも、妖精の買い手を見つけるようなコネがなかったからな。それにあそこは日本軍主体のキャンプだ。下手《へた》に動くと怪しまれるし……けっきょく任期が終わって俺《おれ》たちのラトレル基地に戻るまで、こっそり飼うような状況が続いた。お袋の目に隠れて、捨て犬にエサをやるようなもんさ」

それはまったく知らなかった。宿舎もすぐ隣だったのに、よく隠し通せたものだ。

『飼う』だの『エサ』だのといった単語に反応して、ティラナとユーノが同時にランドをにらみつけた。

「ああ、すまない。たとえ話だよ」

「続けるがいい」

「へいへい。……世話役は俺と、もう一人『シシリアン』がやった」

「誰だったたっけ？」

「コルリオーネ伍長《ごちょう》だ」

「ああ」

いたような、いなかったような。夕方に読んだ故人のリストの中には、その名前があったような気がする。

「本当はシチリア人《シシリアン》じゃなかったんだけどな。コルシカだったかどこだったかの末裔《まつえい》で……衛生兵《メディック》だから、地中海《メディ》の連想でシシリアン。しょうもないあだ名さ」

確かにしようもない。だが軍隊内のあだ名なんてそんなものだ。

「衛生兵だから世話係を？」

「そうだ。俺《おれ》も救命資格は持っていたしな。なんとなくチームのムードで、世話係になった。あのころの俺は適当に割り切って、この子の面倒を見ていたんだが……シシリアンはだんだんと変わっていった」

ランドはそう言いながら、寄ってきたユーノの後頭部を指先でくすぐった。慈《いつく》しみにあふれた仕草だった。

「愛着か」

「そりゃあ、そうだろう。この子を見ろよ。最初は小さくて気味が悪かったが……いい子なんだ。本当に人なつっこくて……」

ランドが目を細める。ごわごわの髭面《ひげづら》が、みっともないくらいゆるんでいた。

「やれやれ。あのマッチョな空挺《くうてい》師団のベテラン兵どのが？　こんなちびすけに同情したのか？　ずいぶん泣かせる話じゃねえか」

　さすがにおかしくなって笑ってやると、すかさずティラナがつぶやいた。

「そういえば、クロイはいまごろ寂しがってるだろうな」

「む……」

　そうだった。最近ティラナが入院していたせいで、クロイは少々、不安そうだった。何度も『大丈夫だよ、あいつはちゃんと帰ってくるから』と、普段は禁じている好物のかつお節ごはんまで投入して、必死にご機嫌をとっているくらいだ。

「これもずいぶん泣かせる話だ」

　マトバが急にクロイを心配に思ったことをきっちり見透かしているのだろう。ティラナはふんと鼻で笑って、そっぽを向いた。

　くそっ。ムカつく。

　もちろんランドは、マトバが野良猫《のらねこ》を引き取って飼っていることを知らないので、眉《まゆ》をひそめた。

「クロイ？　なんのことだ？」

「なんでもない。気にするな」

「女か？」

「まあメス《フイメール》なんだが……いや、とにかく関係ない。それで、そのあとどうなったんだ？　シシリアンは？」

「ああ……さいわい、おまえら日本人の基地《キャンプ》にいる間も発覚はしなかったし、無事に俺たちの基地《フォート》にも持ち帰れた。だが言ったとおり、シシリアンはこの子をかわいそうだと思うようになっていた。彼はこの子を売ることに反対した。森に帰してやるべきだと」

「あんたはどうだったんだ」

「なにも言わなかった」

暗い声でランドは言った。

「揉《も》め事になった夜、スカーがシシリアンをののしってたよ。『このロリペド野郎《やろう》』ってな。俺《おれ》は……仲間からそんな男だと思われるのが怖かったから、彼に味方してやれなかった。かわいそうに。シシリアンは、ただこの子を娘のように思っていただけなんだ」

軍隊の仲間内での、あのムードはマトバにもよくわかる。いや、軍隊だけではない。荒っぽい男社会すべてについて通底《つうてい》する、あの気分――。

自分がどれだけ勇敢《ゆうかん》で、頼もしく、クレイジーなのかがすべてだ。

銃撃《じゅうげき》の中では真っ先に飛び出すべきだし、子犬がいたら蹴り飛ばすべきだし、敵を処刑するときは躊躇《ちゅうちょ》なく引き金を引くべきなのだ。

すこしでもためらったら、仲間からの尊敬を失ってしまう。

あいつは臆病者《おくびょうもの》だ。たいしたことない。

この噂《うわさ》こそを、彼らはなにより恐れている。本当のところ、そんなふうにふるまわねばならない集団そのものが、見えない恐怖におびえているというのに。

なぜ銃撃の中で正直に『怖い』と言えない？　なぜ傷ついた子犬を見たら『かわいそうだ』と言えない？　なぜ処刑を命じられたら『俺はごめんだ』と言えないのだ？

あんなのは勇気じゃない。

あの時代、あれこれあって、そう思うに至っているマトバは、もうランドを笑うことができなかった。

「なあマトバ。俺はおかしいか？」

「いや」

まだすべての事情を聞いていないにもかかわらず、ランドがなぜこんな場所で、こんなふうに暮らしているのか納得できる気がした。

「よくわかるよ。だが、いまはユーノの件だ」

「ああ。ああ。……そうだったな。そうだった」

ランドは節《ふし》くれだった手で顔を覆《おお》い、何度もうなずいた。

「シシリアンをののしったり、なだめすかしたりの繰り返しでしばらく日が過ぎた。あの子の買い手との段取りもあったしな。それで……ほんの数日のタイミングの差だったんだ。俺たちの基地に敵の大攻勢があった」

「ああ。覚えてる」

「支配地域全体への攻撃だった。買い手がいるはずの町が、最初に全滅《ぜんめつ》したよ。ほとんど地球軍が残ってなかったんだ。連絡不通さ。それからドタバタと混乱が続いて……けっきょく撤退が決まった。そのときだって混沌《カオス》さながらで……わかるだろう？　めちゃくちゃだった」

「ユーノやシシリアンはどうなったんだ」

「それどころじゃなかったさ。自分の命のほうが大事なんだからな。どいつもこいつも、先を争って撤退する輸送機に乗った」

「俺《おれ》は秩序だった撤退だと聞いてるがな」

「うそっぱちさ。ひどいもんだった。真面目《まじめ》な奴《やつ》は残ったが。俺は最後から二つ前の便に乗ることができた」

「シシリアンは？」

「残ったよ。この子と一緒に」

ランドは言った。陰鬱《いんうつ》に。

「もしかしたら、敵のセマーニ人にこの子を引き渡せると思ったのかもしれない。だが本当のところは、俺にもいまだにわからん。あの攻防戦のあと、シシリアンは――コルリオーネ伍《ご》長《ちょう》は、ＭＩＡになった」

ＭＩＡ（戦闘中行方《ゆくえ》不明）。ほとんどの場合、実質上の戦死である。単に死体が回収されなかっただけのことだ。

ひどい戦闘だったとは知られている。地球人を憎みきっていた敵が、戦死者にどんな扱いをしたのかも――想像はつく。

長話になってきた。マトバは携帯無線を確かめた。感度がひどく悪い。頭上の高架か、近くを走る高圧線のせいか。

「この子《ユーノ》の件と、シシリアンの件はそれでおしまいだと思ってたよ。三年前までは」

「どういう意味だ？」

「死んでなかったんだ。名前も変えてた。軍を退役《たいえき》して、だらだらとこの街で生きてた俺に……彼から連絡があった」

「生きてた？」

「そうだ」

「それはいったい――」

「シシリアンは末期癌《まっきがん》だった。身分を隠して本国に帰還《きかん》していたから、軍の医療援助《いりょうえんじょ》も受けられない。いまの俺ほどじゃないが、貧乏暮らしだったようだ。それで……余命いくばくもないとわかって、彼は俺を頼ってきた。この子を託《たく》してきたんだ」

「つまり？　シシリアンは終戦間際からずっと、つい三年前までこの妖精を預かっていたのか？」

「そういうことになるな」

「なんで地球《こっち》に連れてきたんだ？　違法だぞ」

「彼にとっては、この子はもう家族だった。シシリアンはもっと前に子供を亡くしてたんだよ。一歳だか二歳だか……かわいい盛りなのに、死に目にも立ち会えなかった。それで嫁さんとの仲も駄目になってたんだ」

「だからといって――」

とティラナが抗議しようとしたが、すぐさまランドはその言葉を遮《さえぎ》った。

「それがすべてなんだ。お嬢さん」

「向こうに置いてくることなんて、考えられなかったんだろう。あんな……クソダメみたいな、残酷な、剣やら弓やら棍棒《こんぼう》やらで武装した未開人のいる土地に、この子を放り出していく？　それこそ頭からかじられて食われちまうに決まってる。だが少なくとも、地球なら……地球だったら、最悪バレても殺されることはない。そう思ったんだよ」

ティラナは何も反論できない様子だった。セマーニ世界の蛮性《ばんせい》を否定できるほど、世間知らずではないのだろう。むしろ地球人のマトバの方が、『いや、地球だってロクなもんじゃないぞ』と言ってやりたいくらいだったが、口を挟《はさ》むのはやめておいた。

「三年前、末期の彼と会って話をした。あの戦争のときのことも……」

ランドはうなだれ、きつく目を閉じた。

「あの基地から、どう逃《のが》れたのかも聞いたよ。ひどい戦いだったそうだ。十字軍時代の攻城《こうじょう》戦《せん》の話を知っているか？　殺した敵兵の頭を、カタパルトで城内に投げ込むんだ。あいつらも、それをやった。しかももっと現代的に、遅延式《ちえんしき》の爆薬を仕掛けてな。顔見知りの工兵の頭が、ほんの一〇ヤード向こうで炸裂《さくれつ》したのを見たそうだ。連中の笑い声さえ聞こえたと」

シシリアンはそんな地獄からどさくさで逃れ、暗闇《くらやみ》の森の中、ユーノの先導で脱出することに成功したのだという。

それから彼は死んだ戦友の名前をかたって、負傷兵《ふしょうへい》として地球に戻った。シシリアンがどうやってユーノを秘密裏に運び込んだのかは、ランドも知らないという。

犬や猫をケージに入れて運ぶのとはわけがちがう。だが彼は衛生兵だったし、書類操作や賄《わい》賂《ろ》をフル活用すれば、不可能ではなかっただろう。彼らが属していたのは、海兵隊や海軍ではない。ひどく大所帯で、不効率の蔓延《まんえん》する陸軍だ。

「ユーノは同意したのか？」

と、ティラナが訊いた。

「聞いてないよ。だがお嬢さん、この子が協力しなかったら――地球行きの輸送機に乗せてもらうことはできなかっただろうね」

「…………」

「あー、わかったよ。それで、余命いくばくもないコルリオーネ——シシリアンから、この妖精を受け取ったんだな?」

「そうだ。断る理由なんか、どこにもない」

ユーノがぴょんと机上からステップして、ランドの肩に乗った。『なついている』というのも失礼なのかもしれなかったが、実際、よくなついていた。

「なあ。記録によると……そのころ三年前、あんたは姿を消している。軍からの年金と射撃《しゃげき》場《じょう》のインストラクターの仕事で、そこそこ楽には暮らせていたはずだ。それがなぜいま、こんな場所に?」

「ここなら俺《おれ》は、ただの『ハンセン』だ。だれも俺を捜そうとはしない。都合がよかったんだよ」

「つまりだ」

マトバは身を乗り出し、ランドの目をのぞきこんだ。

「だれかの目から逃《のが》れる必要があったんだな?」

「………」

もちろんその質問を予想していたのだろう。ランドは彼の視線をまっすぐに受け止め、小さくうなずいた。

「さっきそっちのお嬢さんが言ったな。この子は伝令《でんれい》だったと」

「ああ」

「それは俺たちも考えた。しかも……おそらくは、非常に重要な伝令だったんだろう。ああ……もちろん伝書鳩《でんしょばと》みたいな文書は持っていなかったよ。どんな方法で情報を引き出すのか、地球人の俺たちには想像もつかない。だが……この子はいまでも、だれかに知られたら困る情報を持っているんだ」

ランドの言葉に感嘆《かんたん》するよりはやく、マトバは相棒を見た。

「どうなんだ?　わかるか?」

「わからぬ」

と、ティラナは首をひねった。

「そのような術《ミルディ》は聞いたことがないし、ユーノは普通の妖精《フィエル》だ。とりたてて変わった匂い《プラニィ》は感じられない」

「じゃあ本人に聞いてみろよ。こいつは文字も書けるんだろう?　だったら——」

そこでユーノが小さな小さな人さし指を、マトバに突き出した。たぶん『だまれ』と言っているのだろう。

それからランドになにかのジェスチャーをしてみせる。指先で描く長方形。それだけで、ランドは『ああ』といって、部屋の奥からタブレットPCを引っ張り出した。

ユーノがキーを打つ。

『あたしはなにもしらない。このおろかなでかめ』

全部、小文字だった。マトバがむっとして、ランドとティラナは失笑した。

「そうかい。そりゃすまなかったな」

不機嫌な声で言ってから、マトバはユーノの小さな顔をのぞきこんだ。

「だが、伝令《でんれい》をやってたのは確かなんだな?」

するとユーノの愛らしい顔がたちまち曇った。目を逸らし、どこか部屋の一点を見つめてから、ため息をつき——やっとランドを見上げる。

「話さなくていいんだぞ?」

と、ランドは言った。

「これまでだって、俺《おれ》は聞かなかっただろ。話したくないことは、言わなくていいんだ」

するとユーノは戸惑い、一〇秒近くは迷ったあげくに、タブレットのキーを打ちはじめた。

『かんたんなでんごんは、たくさんした。すうじと、もじ。たとえば22A34HFG12とか』

「どんな意味だ?」

『わかるわけがない。このおろかなでかめ』

「はいはい。済まなかったね」

わざわざ伝令に手紙の中身を教えるバカがいるだろうか? そういうことだ。

「暗号だろうな。当時の情報機関なら読めるかもしれないが。だが……いまユーノが書いたのは、地球の英数字だ」

「ああ。妙だ」

「こいつはセマーニ軍の伝令だろ？　変じゃないのか？」

マトバとティラナが話していると、ユーノが躊躇《ちゅうちょ》し、途切れ途切れにキーを打った。

『でも』

「でも？　なんだ」

『あのときは　とてもいたいめにあった』

それは初耳だったのだろう。むしろランドが身を乗り出した。

「痛い目だと？　どういうことだ？　おまえを苦しめた奴《やつ》らがいるのか!?」

妖精がランドをなだめる。気の毒に、作り笑いまで浮かべて。

『だいじょうぶ。いまはいたくない。ただちょっと、おしりに』

おしりに、なんだ？

マトバやランドたちが訊こうとしたとき、小屋のドアをはげしくノックする音が響いた。

COP CRAFT 5
Dragnet Mirage Reloaded

5

「『ハンセン』！　おるか？」

しわがれた声。この場所のホームレスの一人だろう。

「どうした？」

「様子が変なんじゃ。バップの奴《やつ》が、ひどくおびえとる」

「バップ？」

「犬だ。老いぼれのレトリーバーだが、勇敢《ゆうかん》な奴だよ。俺《おれ》らホームレスの守り神みたいなもんだ」

「普段、おびえたりは？」

「ありえん。聞いたことがない」

「匂い《ブラニィ》がする。まだごくかすかだが……」

ティラナが長剣をいつでも抜ける姿勢をとった。

「来たようだぞ、ケイ。狼《おおかみ》だ」

「たぶんな。くそっ……いったい何匹飼ってやがるんだ？」

アルハンブラの時と今夜とで、すでに三頭は殺しているのに。

「なぜここがわかったんだ？」

「オニールが三〇分でつきとめたんだ。時間の問題だっただろうさ。あるいは……」

ランドは棚の引き出しから、銃弾《じゅうだん》をわしづかみにしてポケットにつっこみ始めた。一二番ゲージの〇〇《ダブルオー》バック弾。キジやウサギならまだしも、鹿《しか》だって殺せるか怪しいような弾《たま》だ。ましてやあの狼《おおかみ》など。

だがランドはそのほかに大物を持っていた。

ピンとレバーのついた野球ボールサイズのオリーブ色の物体。見間違《みまちが》えるわけもない。これは手榴弾《しゅりゅうだん》だ。

「おいランド、それは……！」

「見なかったことにしてくれよ、戦友。扱い方は心得てる」

マトバは迷った。これが違法なフルオート式のアサルト・ライフルとかだったら、まだ後であれこれ理由をつけ『スポーツ用だと思った』と報告書に書ける。だがこいつはさすがに……。

ええい、知るか。

警察の建前《たてまえ》より、いまはランドに従ってもらうことの方が重要だ。

「暗くて見えなかったな。だれかのホームランボールか？」

「……そうだ。あー、ジャンカルロ・スタントン」

ハンシンとは全然関係ない選手の名を挙げる。スタントンはマイアミ・マーリンズだ。どうでもいいが。

壁板の隙間《すきま》から、外の様子をうかがっていたティラナが聞いてきた。

「ケイ。戦うか？」

「まさか。ここはよくない場所だし、それに俺《おれ》らだって怪我《けが》人なんだ。これ以上の切った張ったは勘弁だぜ」

狼に食いつかれた左腕は、いまでも熱くうずいている。そろそろ包帯を取り替えないと、スーツが汚れていまいそうだ。

「ランド。もちろん一緒に逃げてくれるな？」

ランドは迷った。腕に乗ったユーノを見て、困惑《こんわく》を浮かべる。

「それしかないのか？」

「ああ。それしかない」

「この子を警察に引き渡すのか？　それともどこかの研究所送りに？　冗談じゃないぞ」

「それは……」

難しい局面だった。手榴弾はともかく、ユーノは生きた妖精だ。彼女にも『人権』はある。下手をしたらランドは誘拐犯《ゆうかいはん》になってしまうし、それに目をつぶることは難しい。ここまで逼《ひっ》迫《ぱく》した状況でも、安請《やすう》け合《あ》いや不可能な約束はできない。

「正直に言おう。いままでの暮らしはもう無理だ。だが、乱暴な扱いは絶対にさせない。話のわかる検事補も知ってる」

「だが……」

ティラナが真剣な声で割って入った。

「ファルバーニ王国も味方だ。ミルヴォア騎士団の従士《バルシュ》として、サンテレサ市警にかけあうことを約束する」

正直、いまのティラナにそんな権限《けんげん》があるのか疑問だったが、おそらくあるのだろう。こいつが風紀班に転がり込んできたときだって、正体不明の政治力が働いたのだ。貴族とやらの影響力だろうか？

「ランド。あんただけで逃げるのは無理だ。ユーノを奪われるか、目の前でズタズタにされるか……そんなオチしか待ってないぞ」

「……わかった」

弱々しい声でランドは言った。

彼から手榴弾《しゅりゅうだん》も取り上げるべきかどうか、マトバは迷った。後でやっかいなことになるかもしれない。いや——これ以上の押し問答は絶対に危険だ。安全な場所に移動してから、ゆっくりと説得をするべきだ。

携帯無線をチェックする。やはりこの場所では感度が悪い。まずは脱出だ。

「じゃあ準備しろ」

拳銃《けんじゅう》を引き抜き、マトバは扉《とびら》へ向かった。そっと数インチだけ開いて、外で待っていたホームレスの老人に『入って』と告げる。なるべく穏やかな声で。

彼の拳銃にぎょっとしながらも、老人は従った。もう一人が入ってきただけで、狭い室内はだれもが両肩が触れあうくらいの空間しかなくなってしまった。

「まっすぐ車まで走るぞ。クリームイエローのコルベットだ。見ればすぐ分かる。ランド、あんたは戦おうなんて思うな。ユーノを守って車へたどりつくことだけに集中しろ」

「了解だ、マトバ軍曹《ぐんそう》」

「あんたの銃やら何やらは、俺《おれ》たちが死んでから使え。いいな？」

それはあくまで戦術的《タクティカル》な意味での指示で、マトバは悲壮《ひそう》な決意や自己犠牲の精神など、毛ほどにも考えていなかった。要するに『俺が生きてるうちは、その物騒なのは使わんでくれ』と言っただけだ。死ぬ気なんてちっともなかったし、この場を切り抜ける確かな自信さえあった。

「ああ……」

だがその言葉を聞いて、ランドはすこし背筋を伸ばし、敬虔《けいけん》な面《おも》もちでうなずいた。

「わかった。約束するよ」

そう言ってランドは、ユーノを大事に抱き寄せた。ユーノも不安そうだったが、ここで暴れたり抵抗したりする気はないようだった。いい子だ。

左腕の傷が痛い。あいにく盾《たて》にできるようなものは、この場には見あたらない。

「行くぞ」

あの、見えない狼《おおかみ》を警戒しながら、まっしぐらにこの『ホームレス広場』を駆《か》け抜けて、車に走るつもりだった。全員が乗り込んだら、すぐに猛発進だ。だがスターターの調子が悪かったことが悔《く》やまれる。やはりいまの仕事には、ああいうクラシックカーは厳しいかもしれない――。

心配事を頭から振り払って、表に出る。

外では、予想とはまったく異なる状況が待っていた。

三頭の巨大な狼が、小屋の正面を取り巻くように待っていた。

「…………!」

堂々と。姿を隠しもせず。

あの威容《いよう》。凶暴性。

かんべんしてくれ。

二頭でもぎりぎりで命拾いだったのに、三頭なんてどうしたらいいんだ。

狼たちはすぐにも飛びかかることのできる戦闘体勢で、四つ足を沈み込ませ、こちらを取り囲んでいた。

ぞっとするようなうなり声。

牙《きば》からしたたる透明な唾液《だえき》。

子供のころ動物園で見たライオンなんか、こいつらに比べたら子猫みたいなものだ。

「ケイ……！」

「待て、動くな」

狼たちの中央に、ひとりの女が立っていた。セマーニ人だ。

茶色のコートと、とんがり帽子。

真っ白な肌。長い黒髪。

コートの下は、胸口を大きく強調した薄手のジャケットにタイトミニ。

扇情的《せんじょうてき》な衣装だ。まったく、こんなホームレス広場には場違いな美女だった。あれがだれかの誕生パーティに呼ばれたグラビアモデルだったら、どれだけいいことか。

だがあいにく、ここはパーティ会場ではない。そしてあの女も、グラビアモデルでは決してないのだろう。

紅く、大きな瞳《ひとみ》。

濡《ぬ》れた唇《くちびる》。

傲岸不遜《ごうがんふそん》な笑みを浮かべ、女はマトバたちを見据《みす》えている。

「モイラ神の裁きを望むか否か？《ゲーラ・ケス・ザンニ・ゴイズ・ラーヨ・ウニシユラ・モイラ・ナー》」

女が言った。その扇情的な姿にふさわしく、官能的《かんのうてき》な響きの声だった。

「術師《ミルディーテ》だ。おそらく、狼の遣い手《ヴエラムつか》……」

ティラナが言った。

「見りゃわかる」

冗談めかして言ってやったが、うまくいかなかった。あの女がひょいと手を振れば、即座に三頭の狼《おおかみ》が襲《おそ》いかかってくるだろう。一頭くらいならがんばれるかもしれないが、それ以上はもう無理だ。手も足も出ない。

それにあの服装。

下の衣装はともかく、あのとんがり帽子とコートは、だれかを連想させる。そう——あいつだ。かつて対決したあの魔法使い——ゼラーダも同じような帽子とコートを身につけていた。

ユーノはおびえていた。ランドの胸に顔を埋《うず》め、小さな体をわなわなとふるわせて。ランドも狼を目の当《ま》たりにしたのは初めてのことらしく、肩をこわばらせて立ち尽くしていた。

「愛しい愛しい我が子たち……」

女が言った。

「すでに三頭も逝《い》ってしまった。ミルヴォアの従士《バルシュ》とボリスの戦士よ。なにゆえ気高《けだか》き我が子たちを傷つけたのか?」

てめえらが襲ってきたからだろ。この売女《ばいた》が。死にやがれ。

喉のあたりまでそんな言葉が出かけてきたが、口から出すのはやめておいた。自分の額に銃口《じゅうこう》を突きつけているような相手には、そういう台詞《せりふ》は言わないでおいた方がいいに決まってる。

「武器を捨てなさい」

女は宣告した。

「抵抗せずに、その妖精《フイエル》を差し出すなら、痛くしないであげる。五体を引き裂いたりもしない。おまえたちの心臓は丁重《ていちょう》に扱い、モイラ神への供物《くもつ》として捧《ささ》げてやろう」

「あー、もし……な？　もしも、だが」

マトバは上目遣《うわめづか》いに女を見た。

「もし、いやだといったら？」

「スカーレットやクレメンテのようになるわ。いや、もっとむごたらしい死をもたらしてやろう」

「スカーレット、スカーレットか……。彼もそのモイラ神とやらを崇拝《すうはい》していたようだが。なのに、あれはあんまりなんじゃないのか？」

すると女は笑った。

「あの男は不信心者《ふしんじんしゃ》よ。ただ恐怖から逃《のが》れたいためだけに、ドリーニ式のカルト本を読んで、おろかな自分流の儀式をしていただけ。生《い》け贄《にえ》にする価値もなかった」

殺人現場では謎《なぞ》めいて見えたあの祭壇《さいだん》も、聞いてみればあっけないものだ。だがスカーレットがおびえていた事実も判明した。やはり事前に脅迫《きょうはく》を受けていたのか？　それはいつからだったのか？

本当ならランドの肩を引っ張り寄せて、そのあたりを詳しく聴取《ちょうしゅ》してやりたいところだったが、あいにくいまはそれどころではない。

「なるほど」

時間だ。時間を稼《かせ》ぐ必要がある。

「スカーレットのことはいい。じゃあもし……この妖精を差し出したら？　俺《おれ》たちのことは見逃してくれるか？」

「おい、マトバ!?」

血相を変えたランドを横目でにらみ、小さく『しっ』と声を出す。ランドのことはそんなに知らない。これで騒ぎ立てられたらもうどうにもならなかったが、とりあえず彼は成り行きを見守るつもりのようだった。

「それは無理よ」

女は哀《あわ》れみのこもった微笑を浮かべた。

「こうして姿を見せてしまったから。わたしの顔を見たあなたたちを、生かしておくわけにはいかないわ」

「ごもっともだ。だけどな？　もし他言しないと誓ったりしても、あー……」

女の微笑はすこしも揺るがない。

「だめだよな、やっぱり」

「ええ。残念ね、マトバ刑事。あなたけっこう、好みなのよ？　いまはへらへらしてるけど、本当はタフガイなんでしょう？　わたしは強い男が好き。ドリーニにもこんな男がいるなんて、ちょっと興奮するくらいよ」

「ははん。うれしいこと言ってくれるね」

それこそヘラヘラしながら、頭の中はフル回転だった。横でティラナが不愉快《ふゆかい》そうにしていたが、これはおとり捜査のときも毎度のことだ。根っこがカタブツの騎士なんだからしょうがない。放っておく。

それよりこの状況だ。だったら、彼女はなぜ顔を見せた？

これまで通りあの狼《おおかみ》たちを仕向けて、自分はどこか遠くからそれを見ていればいいだけではないか。アルハンブラや、あの高層アパートのときのように。だがそうしていない。なぜだ？　どんな理由がある？

本当に俺に興味があって、話してみたかった？

いや、それはうぬぼれが過ぎるだろう。

ユーノを――妖精を無傷で手に入れたい？

いや、それだったらこちらの出した条件に、もうすこし魅力を感じたそぶりを見せるだろう。

ランドが手榴弾《しゅりゅうだん》を持っていることに気づいている？

いや、それも考えにくい。あの自信たっぷりな態度は不自然だし、ランドがそんな武器を持っていることを想定して、最初からこんな包囲をする理由がない。

だとしたら、なぜなのだ？

ひょっとして——

（ハッタリか……？）

これまで自分とティラナは、しんどいながらも三頭の狼《おおかみ》をしとめている。これは彼女にも予想外のはずだ。

そしていま、目の前にいる狼は三頭。

なぜ四頭じゃない？

そして五頭、六頭……一〇頭じゃないのだ？

脅《おど》すなら、多ければ多いほどいいはずだろう？　だが、ここにいるのは三頭だ。

もちろん、ひどくおっかない三頭の狼ではある。ここで真っ向から立ち向かったら、女の言う通りズタズタにされる。しかし四頭ではない。四頭以上じゃない。

「大事なんだな、この犬ころどもが」

マトバの推測《すいそく》に気づいたのだろう。女の笑みがほんのわずかにこわばった。

「…………」

「武器は捨てない。俺《おれ》らは死にものぐるいで抵抗するぞ。最低でも一匹は——そう、そいつだ」

左側の狼を指さす。

「その犬ころの名前はなんだ？　ジョン？　マイク？　まあ、なんだっていい。そいつだけは道連れにしてやる。俺たちだったら、できるぞ」

時間だ。時間が欲しい。

「なまいきなドリーニの警官め。一矢《いっし》でも報《むく》いるつもりだというの？」

「死ぬなら、なんだってやるさ」

「ならば、こういう趣向はどうかしら？」

狼のうち右側の一頭が、身を翻《ひるがえ》した。粗末な板やボード、その他の廃材で作られた小屋に飛びかかり、めちゃくちゃにぶち壊す。

けたたましい騒音と悲鳴が、高架下《こうかした》に響きわたった。

その狼がくわえて戻ってきたのは、ぼろぼろの衣服をまとったホームレスの一人だった。異変に気づいても逃げる行動力さえ持たず、ただ自分のねぐらで縮こまっていたのだろう。

男は右肩をがっちりとくわえられて、哀《あわ》れっぽくすすり泣き、半狂乱でわめき散らした。

「助けてくれ！　助けてくれ、ハンセン！」

「ケント……！」

ランドがうめく。ケントというのは、あのホームレスの名前なのだろう。

「ケントを放してくれ」

「ごめんだわ。でも……ここには似たようなクズどもが、いくらでもいるわよ？　向こうにも。向こうにも。ああ……いやな臭《にお》いがするわね。失禁《しっきん》でもしてるのかしら？」

「貴様……」

「あんたたちが気にしないなら、それもいい。武器を捨てるまで、ひとりずつ殺していくわ。手足をちぎりながら、ゆっくりと」

ティラナがうなり声をあげた。

「なんと邪悪な女なのか。……ケイ。わたしはもう我慢できぬ」

自分よりもランドよりも、ティラナが飛びかかりそうだった。魔法やら『匂い《ブラニィ》』やらなんて知ったことではないが、それでもそのとき、マトバはティラナのはげしい怒気《どき》を感じた。

「やめろ。おまえだってけが人なんだぞ」

ヘンリクセンのアパートでの戦いで、ティラナも散々な目にあっている。打撲《だぼく》、捻挫《ねんざ》。擦《す》り傷に切り傷。ぱっと見ではわからないが、怪我だらけのはずだ。控えめにいっても、本来は安静にしているべき状態だった。

「だとして、どうするのだ⁉　こやつらに膝《ひざ》を折れと？　キゼンヤに誓っても、絶対にお断りだ！」

「やめろ、動くな……！」

いよいよヤバくなってきた――そう思ったとき、マトバは見た。気の毒なホームレスの肩をくわえた狼《おおかみ》の、首や肩、そして背中に、小さな赤い光点が踊るのを。

ゆらゆらと。断続的に。

ごく小さな、赤い点がちらつく。

マトバは深いため息をついた。どんな意味のため息か気づかれないよう、その意図《いと》を隠すことに苦労したくらいだった。

もう十分だ。

「あー、きれいなお姉さん……。おおむね、わかったよ。これはいわゆる、『おまえは完全に包囲されてる』って奴《やつ》なんだよな?」

「その通りよ。こちらの優位は揺るがないわ」

女が言った。

「そうか。『抵抗は無意味だ』と?」

「わかってきたようね。いずれにしても無意味よ」

狼使いの女は、もう勝ち誇ったりもあざ笑ったりもしなかった。にこりともせずに、彼とテイラナたちを見下ろしていた。

「では、そろそろ死になさい」

多少の『損失』は覚悟したのだろう。これ以上の問答は無用と判断し、女は右手をさっと挙《あ》げた。

「たしかに俺《おれ》たちは、包囲されてるんだろうな。だが――」

「それが？」

「あいにく、もっと包囲されてるのは、おまえの方だ」

「なにを――」

その直後、ホームレスをくわえた狼《おおかみ》の脳天が、はげしい血しぶきをあげた。

やや遅れて駆《か》けつける遠い銃声《じゅうせい》。

大口径《だいこうけい》のラプア・マグナムが狼の頭部を吹き飛ばしたのだ。

人質にされていた気の毒なケントは、狼の牙《きば》から地面に放り出され、尻餅《しりもち》をついてうめき声をあげる。

射手《しゃしゅ》はたぶん同僚のゴドノフ刑事だ。ああ見えて特級射手の腕前を持っている。

その後は怒濤《どとう》のような制圧だった。

たて続けのラプア・マグナムが飛んできて、残り二頭の狼の胴体にたたき込まれる。さらに黒ずくめの男たちが、ホームレス広場を囲んで現れ、散弾《さんだん》銃やアサルトライフルを容赦《ようしゃ》なく発《はっ》砲《ぽう》した。肩に見える、真っ白な『ＳＷＡＴ』の文字。サンテレサ市警の特殊部隊。

騎兵隊《きへいたい》の到着というわけだ。

ことここに至って、マトバたちが単独で行動しているわけがない。ファミレスでのジマー主任との相談のあと、彼は援護《バックアップ》を強く要請した。

上空からの警察ヘリの監視と、覆面車両での追跡。すべて少数の信頼できる部署だけに頼んだ。SWATへの緊急召集も、不正規な手続きでやってもらった。おおっぴらに召集すれば、警察無線が傍受《ぼうじゅ》される危険があったからだ。

言うならばマトバとティラナは釣り糸の先の餌《えさ》で、大物がかかるのを待っていた状態だった。

問題は、このホームレス広場が高架下《こうかした》にあって、ヘリの監視や警察車両の接近、そして無線の交信が困難な場所だったことだ。

もちろん迷った。

だがあそこで引き返したら、敵は必ず不審に思うだろう。反面、まっすぐランドに会いに行けば、完璧《かんぺき》に無警戒を装《よそお》うことができる。そのあたりはマトバの賭《かけ》だった。

さいわい、味方の援護チームは苦労しながらも、こうして敵に接近・包囲し、見事な狙撃《そげき》までやってのけてくれたわけだが。

SWATの攻撃は圧倒的だった。薄暗闇《うすくらやみ》の中なので、銃口《じゅうこう》の炎がひどくまぶしい。

「伏せてろ！」

ランドはもとより、ティラナの肩もつかんで引き倒す必要がかった。彼女が奮い立って参戦しようとしたからだ。いまだにこいつは、その辺の機微《きび》がわかってない。ここで飛び出していったら、SWATの連中の射線に飛び込んでいって、大迷惑をかけるだけだ。

「くっ……！」

魔法使いの女はほんの一瞬だけ狼狽《ろうばい》したが、その後は冷静だった。自身は降伏するように両手を挙《あ》げ——非武装の女を警察は撃てない——手下の二頭を操《あやつ》る。

狼《おおかみ》の姿が蜃気楼《しんきろう》のように揺れ、目視が困難になった。あの魔法だ。以前の事件で、あの目くらましの魔法への対策法は確立されていた。あの魔法は、赤外線ゴーグルに映る映像を欺瞞《ぎまん》することはできない。あくまで人間の可視光線《かしこうせん》のみに効果があるのだ。

だが、すぐに赤外線ゴーグルに切り替えることができるSWAT隊員は少数だった。

傷ついた一頭が廃材を薙《な》ぎはらって右翼《うよく》のSWATを牽制《けんせい》する。馬鹿力で殴った木材やジュラルミンが飛んでくるのだ。完全武装の男たちもさすがにひるんだ。

その間に、もう一頭の狼が血塗《ちまみ》れになりながらも、マトバたちめがけて突進してきた。

隠れ身の魔法の向こうに、敵の姿がゆらゆらと見える。燃えるように真っ赤な舌と、冷たくきらめく真っ白な牙《きば》。

拳銃《けんじゅう》を発砲《はっぽう》する。命中してはいるのだろう。だがまるで止まらない。

「どけ、ケイ！」

ティラナが身を起こし、長剣を抜いて切りかかった。

しかし彼女の動作はすこしだけ遅かった。

咆哮《ほうこう》と衝撃。

前脚で殴りつけられ、ティラナとマトバはまとめて吹き飛ばされた。

目の前が真っ暗になって、ちかちかする。自分が仰向けに横たわっていることは自覚できた。胸の上にぐったりとしたティラナが乗っかっていることも。

耳鳴りがする。手足がしびれる。

持っていた拳銃は、どこかに飛んでいってしまったようだ。動こうにも動けない。

視界の片隅にランドが見える。尻餅《しりもち》をついて、じたばたと後退《あとずさ》り、ユーノを抱き寄せ、ポケットを探っている。

暗がりにうっすらと浮かび上がる、狼の後ろ姿。

「ランド……逃げろ」

近くにいるはずのSWATに『女を撃て。操ってる』と叫ぶこともできたが、彼らがそれを即座に実行できるとは思わなかった。なにしろ地球の法律では、それは違法だ。キャリアに傷がつくどころか、殺人罪で起訴される可能性さえある。しかも彼らは、ランドたちを誤射《ごしゃ》することを恐れて、狼を撃てずにいるようだった。

ぼたぼたと、大きな血の滴《しずく》を落としながら、狼がランドに迫る。

「逃げ……」

逃げるのは無理そうだ。ランドの背後は高速道路の高架《こうか》を支える巨大な支柱だったし、どこにも逃げ場はない。

真っ先に行動したのはユーノだった。

その小さな——とても小さな妖精は、震えてこわばるランドの手から手榴弾《しゆりゆうだん》をもぎとり、ごわごわの髭面《ひげづら》に軽く接吻《せつぷん》すると、あの並み外れた身の軽さで、狼《おおかみ》めがけて跳躍《ちようやく》した。

かろうじて、その姿だけが見えた。手榴弾から外れて落ちる、撃発《げきはつ》レバーの金属音が、なぜかやたらと耳に残った。

「やめ——」

それ以上は、マトバの位置からは見えなかった。

ほんの数秒くらいだろう。胸の詰まるような沈黙のあと、手榴弾が炸裂《さくれつ》した。

轟音《ごうおん》。

狼の頭部が粉々に吹き飛ぶ。

血や肉片や、毛皮付きの頭皮や——そういったあれこれがまき散らされ、マトバとティラナにまで降りかかってきた。

首から先を失った獣《けもの》の巨体が、横向きに倒れる。四肢《しし》の先が、まだ震えているのを見て、マトバは背筋に凍るものを感じた。

あいつらは本当にケダモノなのか？　ひょっとしたら、むしろ、虫ケラに近いんじゃないのか？

それよりも、ランドは？

「…………」

ランドは呆然としていた。間近で手榴弾が炸裂したのだ。破片のいくつかくらいは浴びたかもしれない。だが彼は自分の怪我《けが》のせいでぼんやりとしているわけではなかった。

「ユーノ……」

ランドがつぶやく。

最後の瞬間の、彼女の行動。

かつてのティラナの友人である妖精《フィエル》、レアーヤもそうだった。たしかに脳みそのサイズは小さい。しかしあの子たちに知性がないなんて、いったいだれが言えるのだろうか？

あれほどの高潔《こうけつ》なふるまいは、人間でも滅多《めった》にできまい。それこそ、鍛え抜かれた軍人でさえも。

戦士やら、兵士やら。

呼び方はいろいろあるが、勇気の見せ方には違いがある。サイズはずいぶんと異なっているが、あの狼たちに比べて、ユーノの勇敢さは特筆すべきもののように思えた。

勇者がどこに現れるのかなんて、だれにもわからないはずだ。

「ティラナ。おい、生きてるか？」

いまだに胸の上でぐったりしている彼女をゆすり、マトバは言った。

「む……ん……」

弱々しく、彼女はうめいた。

「生きてるな。じゃあさっさとどけ」

「むぐっ……」

乱暴にティラナを押しのける。

視覚も聴覚も、ようやくまともに戻ってきた。すでに警察部隊は制圧を完了しつつあり、人質にされていたケントとかいうホームレスも手当を受けていた。

大暴れしていた右翼《うよく》の狼《おおかみ》も、すでに大量の散弾《さんだん》とライフル弾を浴びて力つきている。最初にラプア・マグナム弾を食らった奴《やつ》は、いうまでもない。

そしてあの魔法使いの女も、ＳＷＡＴに拘束されていた。地面にうつぶせに押しつけられて、後ろ手に手錠《てじょう》をかけられている。

マトバは女に近づいていくと、しゃがみ込んでから告げた。

「おまえを逮捕する」

得意げに言ってやろうと思っていたのだが、打ち身やら何やらのせいで、とてもそんな余裕はなかった。

「聞きたいことは山ほどあるけどな。まったくムカつくことに、おまえには黙秘権《もくひけん》がある。あらゆる陳述《ちんじゅつ》も、裁判では不利な証拠となりうる。それから……本当にうんざりなんだが、おまえには弁護士を雇う権利もある。その費用がない場合は、官選《かんせん》弁護人をつけてやる。いいな？」

毎度のミランダ協定を告げると、魔法使いの女は彼をにらみ上げ、憎悪たっぷりの舌打ちをした。

「黙秘権？　黙秘だと？」

「もちろんそうよ。私はなにも話さない。どんなドリーニの拷問《ごうもん》にも、司法取引とやらにも、心を動かさない」

「そう言ってりゃいいさ。とにかくおまえはおしまいだ」

「私たちは任務を果たしたわ」

「どうかな」

「そうね。正確には、ほとんど任務を果たした。だけれど、まだ残っている義務がある」

「義務？」

『モイラよ《ベー・モイラ》。あなたに我が身を捧げます……《ゾナ・ビーエ・ゲンナ・モーライ》』

そのときだけ、魔法使いの女の声は静かだった。敬虔《けいけん》で、慎《つつし》み深く、美しい詩を朗読するようだった。

「警察《ポリス》の戦士よ。我が子たちとの武勲《ぶくん》をたたえ、ひとつだけ教えてやる。我が名はヘラーテ。茶色のヘラーテ。いずれ私の兄弟姉妹が、この名と共に復讐《ふくしゅう》を告げることだろう」

「？　なにを……」

「モイラよ！」

女——ヘラーテが叫んだ。

「ケイ！　狼《ヴエラム》が——」

ティラナが警告したが、遅かった。最初に頭を吹き飛ばされ、横たわっていた狼——だれもが死んでいたと思っていた狼が、なんの前触れもなく跳ね上がった。

常識なら死んでいたはずだ。『最後の力を振り絞った』と思うしかないが、マトバたちにとってはまったくの想定外だった。

頭の左半分を失っていたはずの狼は、マトバでもなくティラナでもなく、ましてや周囲の警官などでもなく——ヘラーテと名乗った女の喉頸《のどくび》に飛びかかった。

止める間も、銃《じゆう》を構える間もない。

ヘラーテも避けようなどとはしなかった。

皮と肉を食い破る異音《いおん》。骨が折れるいやな音。

その一動作で狼は今度こそ絶命した。

駆《か》け寄った警官たちが力任せに狼の巨体を押しのけると、ヘラーテもうつろな目のまま、すでにこと切れていた。

凄絶《せいぜつ》だが、穏やかな表情とも言えた。

「不公平だ」

死に顔を見て、ティラナは言った。

「スカーレットたちは、もっと苦しんだ」

「そんなもんさ」

被害者より苦しんだ加害者なんて、この二一世紀のどこにいるというのか？

「それよりも、ランドだ」

「ああ」

見れば、彼はいまだに呆然としていた。

娘のように思っていたユーノが、あんなことになってしまったのだ。その悲しみたるやどれほどのものだろう？

「ランド。すまない」

マトバが声をかけても、彼は立ち尽くしていた。なんの返事もしない。

「大丈夫か？」

「…………」

「ランド。ハンセン」

「…………え？」

やっと気づいて、彼は背筋をしゃきりと伸ばした。

「どうした？　もう終わったんだろ、マトバ？」

「……ああ。それよりユーノのことだ」

「ユーノ？」

「ユーノだよ。妖精の」

およそ二秒ほど沈黙して、ランドは自分の側頭部《そくとうぶ》を強くたたいた。

「ああ！　ああ！　そうだった！　ユーノ……！　ああっ、なんたることだ！　娘のように思っていたのに！　こんな……こんなことになるなんて……！」

棒読み気味の、大根台詞《ぜりふ》。どういうわけだか、ランドはあまり悲しそうではなかった。それでも周囲の警官たちは不審には思っていないようで、痛ましそうにうつむいている者さえいた。

「ああ。我が娘、ユーノよ！」

ランドは叫んだ。

「帰ってきてくれ、ユーノ！　わが魂は、汝《なんじ》と共にある！」

泣き崩れるランドを、ティラナは痛ましげに見つめていた。気持ちは同じなのだろう。目に涙さえ溜《た》めている。

かたや、なんとなく雲行きの読めたマトバは、ちょっとしらけたようにため息をつくだけだった。

「ユーノ！　ユーノよ！」

「かわいそうに……ユーノ」

「もういい、帰ろう」

冷淡な声でマトバが告げると、ティラナは驚いたように彼を見た。まるで名状《めいじょう》しがたい怪物を目撃したような顔だった。

「ケイ……！」

「うるさい。じゃあなにか？　俺《おれ》も一緒に泣きながら、その辺に千切《ちぎ》れ飛んだ妖精の腕やら頭やらを探し回ればいいってのか!?　ふざけんな！　そんなのはまっぴらごめんだ！」

「なんという男だ！　おまえは——」

彼女を引き寄せ、その口をふさぐ。これ以上騒がれるのは勘弁だった。

「むぐっ……」

「もう一度言うぞ。撤収だ」

◇　◇　◇

ホームレス団地での騒動から、三日後の深夜——

サンテレサ市の玄関口であるカシュダル空港は、毎年この季節おなじみの暴風雨のせいで、航空便の離発着《りはっちゃく》にひどい遅れを出していた。

この荒天《こうてん》は未明ごろには収まるだろうと予報されていた。朝一番には、各社の便が復活して次々に離発着《りはっちゃく》を繰り返すだろう。だから急ぎの乗客たちは、不平不満をこぼしながら、航空会社の用意した毛布にくるまり、待合いロビーで一夜を明かしていた。

だれかがクレームを入れたのだろう。照明も落ちている。薄暗く、だだっ広いロビーはまるで難民キャンプみたいだった。

飛行機の中で睡眠をとればいいと思っている客も多いようだ。ベンチのあちこちには、靴《くつ》を脱いで、コーヒーをすすり、スマホをいじったりペーパーバックを読んだりしている者がちらほらと見受けられた。

「あちらです」

マトバとティラナを案内してきた空港職員が、ロビーの一角を指さす。

スーツ姿の男が座っていた。

深夜のうす暗闇の中で、タブレットPCの文書を読み、身じろぎひとつせずにいる。居眠りをしているようにさえ見えたが、そうではないようだった。

「ここにいてくれ」

マトバは空港職員に告げると、そのスーツ姿の男へ歩いていった。それから男のすぐとなりの席に、無遠慮《ぶえんりょ》に腰かけてから、一度大きなため息をついた。

「捜しましたよ」

と、マトバは言った。

ティラナはすこし離れたはす向かいの席に座り、愛用の長剣《クレーゲ》の鞘《さや》で、こつこつと床をつついている。そばで寝ていた徹夜客が、不愉快そうにうなり声をあげた。

「………………」

男は無言のまま、タブレットPCの文書を読んでいた。彼のビジネスに関係するものかと思ったが、そうではなかった。電子書籍。たぶんドストエフスキーだ。

「俺《おれ》は毎年、この街を襲う嵐にうんざりしてたんですがね。きょうは感謝したいくらいですよ。なにしろ、おかげでこうしてあんたに追いつけたわけだから」

男は答えない。だが彼の持つタブレットPCの先端《せんたん》が、わなわなと震えているように見えた。確信は持てない。ぜひそうであってほしいと、マトバは心底思った。

タブレットをオフにして、男が言った。

「よくわからないな。何の用だね？」

「おとぼけはなしにしましょうよ。ヘンリクセン中尉」

眼鏡《めがね》と付け髭《ひげ》、頰《ほお》の詰め物と、古典的な変装ではあるが、よほど注意深く顔を見比べなければ、あのPMCの社長だと気づくことは難しいだろう。持っているはずのパスポートも、もちろん別人のものだ。

「六〇階からの墜落死《ついらくし》なんてされたんじゃ、身元の確認はほとんど無理でしたよ。トマトみたいにぺしゃんこだったから。あの死体があんただと、みんな信じてた。俺《おれ》もね」

「……いつ気づいたんだ？」

書籍から目を離すことなく、ヘンリクセンが言った。

「確信したのはつい昨日です。あの晩から疑ってはいたが。ごていねいに歯科医の記録も改竄《かいざん》したでしょう」

あそこまで遺体の損傷《そんしょう》が激しいと、本人確認に使えるのは歯の記録くらいだ。ヘンリクセンはＤＮＡを採取した経歴もないので、ＤＮＡ鑑定すら使えない。

「衣類も財布《さいふ》も、五万ドルの腕時計も同じものを用意した。よくわかったな」

「それですよ。腕時計。超高級品だ。週末の夜中に、いきなり俺がたずねてきて……わざわざ身につけるのは変でしょう？　本当なら型どおりの確認で終わるはずだったのを、検死局《けんしきょく》の友人に無理を言って詳しく調べてもらった。血液型、推定体重……ほとんど不審な点はなかったが、毛髪から薬物の常用《じょうよう》がわかった」

「それだけで？　ヤク中の社長だって世の中にはいるだろう」

「会ってなければ、そう思ったかもしれないですよ。でも俺はあの晩あんたと会ってたし、なにしろ俺はそういう部署の刑事だ。見ればだいたい、ヤク中かどうかわかる。あんたはヤク中じゃなかった」

「そのとおり。私はヤク中じゃない。あんなのは負け犬が手を出すものだ」

「負け犬だから、自分の身代わりをさせても平気だと？」

「…………」

死体の身元はまだわかっていない。だがおそらくどこかの生活困窮者《こんきゅうしゃ》から、見繕《みつくろ》って連れてきたのだろう。昨日から同僚たちが、あちこちのクリニックを当たっている。身体的特徴を調べたはずだ。

「あんたの経営していた民間軍事会社――ずいぶんと羽振《はぶ》りが良さそうに見えたが、実は破綻《はたん》寸前だったようですね。中東で大口の契約を逃《のが》していたそうで。ほかにもあれこれスキャンダルがあったようだし……」

「それがなにか？　どんなピンチだって、新興《しんこう》の企業にはつきものだ」

「いいや。あんたは、あの会社を手放したがっていた。会社だけじゃない。ありとあらゆる過去のしがらみから、決別しようとしていた。陸軍のヘンリクセン中尉《ちゅうい》。民間軍事会社のヘンリクセン社長。そして……」

マトバは一度、言葉を切った。

「……そして、『イオタ騎士団』の一員、ヘンリクセン卿《きょう》」

相手の目つきが変わった。口元が引き締まり、首筋がこわばる。

「なんのことだか……わからないな」

「いいや。わかっているはずだ」

イオタ騎士団。

そんな名前は知らなかったが、あの戦争中、マトバも噂《うわさ》は聞いていた。

セマーニ世界に駐留《ちゆうりゆう》する軍の内部に、秘密結社《けつしや》めいたものが生まれている。ある種の悪魔崇拝《すうはい》のような概念で結託《けつたく》しており、アメリカ軍だけでなく、日本軍、イギリス軍、フランス軍、ドイツ軍、カナダ軍……各国軍のあちこちに、そうした人間たちがいると。

結社のメンバーたちは物資や情報を互いに融通しあい、またセマーニ世界の長老たちとも秘密の盟約を交わし、捕虜になったときは身の安全を保証してもらっている。

地球軍内だけでなく、セマーニ人にも物資を横流し、さまざまな利益を享受《きようじゆ》している。場合によっては、小さな部隊を売り飛ばすことさえある、と。

当時のマトバは、よくあるヨタ話だと思っていた。噂の内容がばらばらだったからだ。ただの物資の横領《おうりよう》コネクションだと言う者もいたし、もっと根の深い陰謀論《いんぼうろん》を唱《とな》える者もいた。それらしい人物や集団など出会ったことはなかったし、憎悪《ぞうお》が横行するあの前線で——前線という概念自体も曖昧《あいまい》だったが——敵と味方とが結託するなんて考えられなかった。

だが、実在したのだろう。

あの妖精のユーノが持っていたのは、構成員の氏名リスト——そのアクセスコードだったのだ。

ユーノが暗記していたわけではない。彼女の体に入れ墨《ずみ》という形で書き込んであった。ブラックライトのみで浮かび上がる特殊な染料《せんりょう》と、ＱＲコードを使って。

「当時の軍のアーカイブに、データはまだ残っている。問題はそのアドレスと、アクセスコードだ。妖精がそれを持っていた」

「妖精。よくわからんな」

まだとぼける気か。いや、逮捕後のことも考えているのだろう。ここでうかつな発言はできないはずだ。

「妖精は手榴弾《しゅりゅうだん》で木っ端《こぱ》みじんになりましたよ。かわいそうに。でも残った体の破片から、皮膚にＱＲコードが印刷されてることがわかったんです」

「………………」

「もう見つけましたよ。あんたの名前も載っていた」

するとヘンリクセンは嘆息して、電子書籍の画面を消した。なにかを観念したのだろう。もしくは諦念《ていねん》か。

「すべてお見通しというわけか」

「あの妖精を、あんたが伝令《でんれい》に使っていたのかどうかまでは知らないが。でもあの狩りの日、あんたは困ったはずだ。部下たちが妖精を生け捕りにして帰ってきたんだから。その後はバタバタとして……結局、きれいに処分することができなかった」

「………………」

「よくわからないのは、なぜいまになって、あの妖精を捜し始めたのかってことだが。スカーレット軍曹《ぐんそう》が？」

それもすこしは想像がつく。

まずスカーレット軍曹から連絡があったのではないか？　おそらく、妖精の本当の価値や居場所を知りもしないのに、ヘンリクセンを強請《ゆす》ろうとしたのだろう。民間軍事会社の社長が、戦時中に誘拐《ゆうかい》と人身売買に関わっていたとぶちまけられたくなければ……といったところか。

「……ああ。奴が現れて言ってきた。妖精はまだ生きてる。しかも奴が持っているとね」

だがスカーレットは持っていなかった。だれが持っているかも知らなかった。ただ三年前、すでに病死したゴルリオーネ伍長《ごちょう》からなにかを聞いたのかもしれない。

「それで脅《おど》して、殺したのか。あんな残虐《ざんぎゃく》なやり方で」

「私は反対だった」

「俺《おれ》も狙ったな」

「私ではない。アルハンブラの現場に来た君を、あの女は遠くから監視《かんし》していた。写真を見せられて、ケイ・マトバも関係者ではある、と認めただけだ。それをあの女が……」

「ヘラーテ？」

「そうだ。あの狼《おおかみ》使いは、君も殺そうとした。だがそちらのセマーニ人のお嬢さんがいて……たぶん警戒したのだろう。喪《うしな》った狼の復讐は後回しにすることにしたようだ」

「…………」

「ヘラーテは結社《けつしゃ》の工作員で……これまでも一緒に仕事をしてきた。彼女に協力しなければ、私も同じように殺されていたことだろう。なにしろ私のミスが発端だ。妖精捜しに協力して、会社のリソースを結社に提供して、死んだふりをすることで……どうにか慈悲《じひ》を得ることができた」

ヘルマンデスはうつむき、両手で顔をおおった。

「だが、それもすべて失敗に終わったようだ。彼らは私を生かしてはおかないだろう」

「協力するなら、身の安全は保証する」

正直、このヘンリクセンの安全を保証することなど反吐《へど》が出そうだったが、そうするよりほかなさそうだった。

「証人保護プログラムという奴かね？　あんなものが何の役に立つ？　顔と名前を変えてDEAにいたクレメンテだって、結社は居場所をつかんだ。ランドの居場所だって、見つけるのは時間の問題だったのだ」

警察か、どこかの法執行機関の中にも漏洩者《ろうえいしゃ》がいるということなのだろう。それはもちろん、見つけださねばならない。

「配慮はする。刑務所に入るよりはまだマシなんじゃないのか？」

「このまま行かせてくれ、軍曹。戦友だろう」

「ふざけるな」

いまさらこんなことが言えるこの男に、マトバは心底驚いた。

「俺《おれ》が戦友と呼べそうなのは、あんたの部隊じゃランドだけだ」

あとは——顔もほとんど思い出せない『シシリアン』ことコルリオーネ伍長《ごちょう》くらいか。ずっとユーノをかばって、隠れるように生きていた男だ。仮にもう一度会って話せたならば、仲良くなれたかもしれない。もちろん、そんなことは永久に不可能だが。

「結社《けつしゃ》は強力だぞ。そしていまでも存在する。軍曹《ぐんそう》、君だってもはや安全な立場とはいえない。私が間をとりもってやるぞ。君への報復などは考えないように」

「大きなお世話だ。それに、ヤバいのは日常茶飯さ」

ギャングに武器商人に麻薬ディーラー。いまさら敵が増えたところで、ビビってなどいられるか。

「きっと殺されるぞ」

「ヘンリクセン。あんたを逮捕する」

「マトバ。よく考えろ」

「あんたには黙秘権がある。あらゆる発言は裁判で……」

マトバはミランダ警告を告げながら手錠《てじょう》を取り出し、ヘンリクセンを拘束《こうそく》した。後ろ手に待合い所から連れ出し、入場ゲートの外で待っていた護送チーム——トニーやゴドノフ、特別に編成してもらったSWATの一個分隊に引き渡す。

「護送車に入れたら、まず身体検査だ。自殺の危険がある」

「わかったわ」

トニーが請《う》け負《お》った。

「襲撃もな。気をつけてくれ」

この逮捕を知っているのはごく少数――風紀班の関係者数名と検事補、SWATの隊長だけだった。護送にあたるSWATの隊員は、いまもヘンリクセンの言う通り、漏洩《ろうえい》の危険があるからだ。

トニーたちを送り出してから、マトバはやたらと渇きをおぼえた。空港ビルの外に、風の吹き込む喫煙所がすぐそばにあったので、一服《いっぷく》した。

ティラナは無言でついてきて、喫煙所のベンチに腰をおろした。セマーニ世界には嫌煙《けんえん》ファシストはまだいないし、彼の喫煙習慣と間近で暮らしているせいか、彼女は煙をあまり気にしない。

「これで終わりか？」

「どうかな。明日、またヘンリクセンを尋問するし。まだまだ続きがありそうだが」

「わたしもそう思っている」

暗い声でティラナはつぶやいた。

「イオタ騎士団か。ふざけた名前だ」

セマーニ世界には著名な騎士団が八つある。ティラナの属するファルバーニ王国、ミルヴォア騎士団もその中の一つだ。

イオタはやはり『第九の』という意味だったようだ。ギリシャ文字で九番目。地球側の言葉を使うあたり、なにかの皮肉なのか、もっと深い意味がこめられているのか。

しかもあの戦争のころから、地球人とセマーニ人が裏で結託《けったく》していた。その組織はいまでも続いていて、結社化《けっしゃか》して何らかの力を持っている。

それも強い力を。

「だがまあ、イニシアチブはこちらにある。連中の名前リストは手に入れたんだ。向こうの方こそ焦《あせ》ってるだろうさ」

あの戦争当時、敵軍であるセマーニ人たちと裏取引をしていた人物の名前は、すでにはっきりしている。リストは検事局にも裁判所にも渡したし、警察内でも資格のある者は閲覧《えつらん》できる。

もはや秘密ではない。

それでもティラナの顔は晴れなかった。

「それはわかる。だが……あのリストの内容が……」

「ああ。それがどうしたんだ?」

氏名リストに載っている名前の大半は、地球人のものだった。すでに死んでいる者も多い。

生きている者の中には、重要人物も大勢いた。上院議員が一名——これはこの事件の黒幕かもしれない。国防省の高官《こうかん》が二名。陸軍と海兵隊の将校《しょうこう》が三名。各地の情報機関と法執行機関に五名。民間企業の要職《ようしょく》にもあれこれ。

　これが公になれば、一大スキャンダルになることだろう。関係を認めず、弁護士チームを総動員して、しぶとく生き残る者もいるだろうが、ほとんどのキャリアはおしまいになる。だが世界がひっくり返るわけではない。たとえあのリストに大統領の名前が書いてあったって、世界は、社会は、どたばたしたあげくに続いていく。

　秘密結社だのなんだの、聞こえは怖いがしょせんは人が作る組織だ。新聞記事になって袋叩きにでもなるころには、もう無事ではいられない。

「セマーニ人の名前もあったな。何人も」

「ああ」

　それは見た。エニンゼだのゲーバノだの、読みづらい名前ばかりなので適当にスルーしていたが。

「あの中にあった名前……言おうかどうか、迷っていたのだが」

「なんだよ、早く言え」

「グレーゼ・センヌヴェリヤ。覚えているか？」

　すぐには思い出せなかった。なにしろ連中の名前は覚えにくい。

「あったかもしれないな。それが?」

「兄の名前なのだ。フルネームはグレーゼ・サルシャイ・ミルヴォイ・ラータ＝イムセダール・イェ・テベレーノ・デヴォル＝ゴーダ・ドーゼ・ネラ・センヌヴェリヤ＝ネラーノ・セーヤ・ネル・エクセディィリカ」

「……なんだって?」

「兄はエクセディィリカ家を継《つ》ぐはずの人物だった。だが同時にセンヌヴェリヤ家の継承権も持っていた。地球人《ドリーニ》の貴族も男爵《だんしゃく》や伯爵《はくしゃく》を同時に所有する家があると聞くが……それと似たようなものだと思ってくれていい」

「おまえの? 兄貴が?」

「まず間違いない。普段はグレーゼ・エクセディィリカと名乗っていた。だが……エクセディィリカ家の格を使いたくないときは、センヌヴェリヤの名を使うことが多かった。大叔父《おおおじ》の代でほとんど絶えて、あまり知られていない家名だったからな。兄はこの名を使うことを好んだ。お忍びで町に出て買い食いをするときや、武者修行で旅に出たとき……」

「ちょっと待ってくれ」

あのうさんくさい秘密結社《けっしゃ》──『イオタ騎士団』の名前リストの中に、ティラナの兄貴が入っていただと?

「まともな軍人だったんだろう?」

「もちろんだ」

「同姓同名の別人ってことはないのか?」

「絶無《ぜつむ》とはいえない。だが……考えにくい。おまえたちの感覚的には、サンテレサ市警の中に『ケイ・マトバ』という名前が二人いるくらい、考えにくい」

ティラナの口は重たげだった。あのQRコードを元に、膨大《ぼうだい》なアーカイブの中からデータの残滓《ざんし》を発見し、あのリストを含んだファイルを解凍したとき――トニーやジェミーのがんばりのおかげだ――みんなで喜んだ。だがティラナだけは、浮かない顔だった。その理由がやっとわかった。

「しかも問題は……このリストの日付が、兄が行方不明になってから一年近く後になってからということだ」

ティラナはもはや『死んでから』とは言わなかった。

「兄は……グレーゼ兄さまは。あの事件からも生きていて、しかも……このいかがわしい結社とつるんでいたのかもしれない。そして……もしかしたら……いや、まず間違いなく……」

生きている。

その推論《すいろん》を口にする勇気は、彼女にはないようだった。肉親の生存を喜ぶというより、ただ困惑《こんわく》している。

よりにもよって、なぜこんな形で?

その疑問すら言葉にすることができずに、それきりティラナは黙り込んでしまった。

「大丈夫か？」

辛抱強《しんぼうづよ》く待ってから、マトバはたずねた。

「言うかどうか迷っていた。だが……おまえにだけは話しておくべきだと思った」

「わかった」

「ケイ。だれにも言わないでくれ」

すがるような目だ。こんなに弱々しいティラナを見たのは、もしかしたら初めてかもしれなかった。

「そりゃ言わないよ。だが……」

マトバは短くなった煙草《たばこ》を灰皿でもみ消した。

「どうする気だ？　もし兄貴が地球《こっち》に来てて、ヤバいことをやってたら」

「わからない……」

「捕まえられるのか？」

「もちろんだ。いや……だが……」

彼女はたっぷり一〇秒近くは逡巡《しゅんじゅん》し、それから肩を落として、ようやく認めた。

「すまない。自信がない」

まあ、そうだろう。一緒に組んできて、そこまで彼女が鈍感《どんかん》ではないことくらい、わかっている。

「ふむ」

マトバは努めて明るい声で言った。

「あれだよ。すこし考える時間が必要なんだろうな」

「そうだろうか……」

「ああ。俺《おれ》もクタクタだ。この件が一段落したら……そうだな。二日くらいでいいから休みをとろう。強引に」

ティラナは眉《まゆ》をひそめた。

「休んで、どうするのだ?」

「海でも行くか。アルハンブラなんてどうだ?」

「ケイ。正気か?」

つい先日、スカーレットの惨殺《ざんさつ》死体を見に行った土地だ。あんな場所でバカンスもなにもあったものではないだろう。

「いや、あのトレーラー団地じゃないよ。ちょっと離れた小さな町さ。海が近くて、サーファーが多い。最近、気のきいたバーやショップも増えてきたそうだぞ。それに……」

マトバは周囲を見回した。だれも聞いていないのを確認してから、小声でささやく。

「ランドとユーノもいる」

「ふむ……」

そう。ユーノはまだ生きている。

あのときは手榴弾《しゅりゅうだん》で木っ端《こ　ぱ》みじんになったかのように見えたが、そんなことはなかった。器用に手榴弾だけ狼《おおかみ》の口に放り込んで、自分は闇《やみ》に紛《まぎ》れて身を隠したのだ。マトバはもちろん、周囲の警官の目すらあざむく身のこなしだった。

考えてみれば、感覚の鋭いセマーニ人を昔からあざむいてきた種族だ。それくらいの芸当なら、やってのけても不思議ではない。

ことが終わって警官たちも現場を撤収してから、平然《へいぜん》とランドの元に戻ってきたユーノを、待ち伏せていたマトバとティラナが押さえた。

話の途中で止まっていた、『おしりに痛いことをされた』という件。説得して調べさせてもらえば、あっさりとQRコードが見つかった。三年も気づかなかったランドが呆然としていたくらいだ。

ヘンリクセンに話した『肉片からQRコードを見つけた』というのは、嘘《うそ》だ。ジマー主任にさえ話していない。もっとも、検死局のセシルには、若干の協力を頼むことになってしまったが。

厳密には違法行為だ。しかしユーノの生存が表沙汰《ざた》になれば、結局は彼女の身に危険が及ぶ。いまはこうしておくのがもっとも安全な措置だろう。

「ユーノは向こうに引っ越したのか?」

「らしいぞ。ランドが折りを見て遊びに来てくれと言ってた」

ティラナは大きく息をつき、すこしだけほほえんだ。

「では、行くか」

すこし疲れたような笑みだったが、それでも救われた気分になった。

「だがケイ、おまえと二人きりというのはいけない。あらぬ誤解をまねく」

「あー……。まあ、そうかもな」

「セシルかトニーかキャミーたちか……だれかを誘うぞ」

「あー……。まあ、いいんじゃねえの?」

みんな忙しいだろうから、そう簡単にはいかないだろうが。

「あと、地球人《ドリーニ》の水着とやらは着ない。あのような扇情的《せんじようてき》な服装は、まことによくない。まあ……場合によっては着てやらんこともないが。おまえには見せぬ」

「それは勝手にしろよ」

「むっ……。というか、よく考えてみればケイが一緒にくる必要はないな。おまえは仕事をしていればいい。わたしはユーノと遊んでくるから」

「そうかい。じゃあバスで行けよ」

アルハンブラまでは、鉄道なんか通っていない。車かバスが交通手段だ。

「送ってくれないのか？」

「送るかよ」

「送れ。おまえが提案したことだろう⁉」

「もう知らん。ばかばかしい」

うんざりと手を振って、マトバは駐車場に向かう。

そこまでは毎度のやりとりだった。

だがそのとき、ティラナが不意に声をひそめて、こう言った。

「ケイ、一〇時……」

「？」

首は動かさず、左前方に視線を向ける。空港ビルのひとつがあるだけだ。

いや――

その屋上に人影が見えた。

雨上がりの冴《さ》えた大気。たくさんのアンテナをつけた鉄塔のかたわらに、だれか男が立っている。

たぶん、男。遠くて、それくらいしかわからない。

男はこちらを見ている。それはおそらく間違いない。だがほんの数秒くらいだった。すぐに人影は鉄塔に隠れ、それきりなにも見えなくなった。

「何者だ……？」

「わからぬ。だが……」

ティラナは自信なくつぶやいた。

「笑っていたように見えた」

［了］

ボーナストラック&あとがき

三月、ティラナ役のイリーナ・フュージィ嬢がプロモーションのために来日した。今年はすでに第四シーズンに突入した人気作『コップクラフト』のほかに、彼女が出演するいくつもの劇場作品が公開予定だ。

イラク戦争中のスキャンダルを題材にした『戦火の勇者』。アルツハイマーを患《わずら》った大富豪とその孫との心のふれあいを描く『ビューティフル・マネー』。経営破綻《はたん》寸前の遊園地の再生を任《まか》された男の実話『アマリロ・ブリリアント・パーク』。

バラエティ豊かな作品に次々と登場するイリーナ嬢《じょう》は、いまや押しも押されぬ大人気女優だ。そうなると彼女のプライベートな姿を暴《あば》こうとするパパラッチたちが押し寄せるのも当然のなりゆきで、ここ一年で彼女はいくつものスキャンダルの対象となっている。

まずお忍びで参加したボルチモアのアニメイベントで、某格闘ゲームのキャラクターのコスプレをしている写真が暴露《ばくろ》された。

次にこれまたお忍びで参加したニューヨークのアニメイベントで、某テニス漫画の男性キャラクターの抱き枕を購入している瞬間を撮影され、雑誌に載《の》った。

しまいには年末の有明の世界最大の同人イベントで、『PASTA'S ESTAB』なるサークルの列に並んでいる姿が目撃され、多数の参加者からTwitterで報告された。

このように多数のスキャンダルにさらされ、あまりよくないイメージをメディアから植え付けられているにもかかわらず、イリーナ嬢の人気は衰える様子を見せていない。それは彼女の演技に対する真摯《しんし》な姿勢を、より多くの人々が支持しているということなのだろう（目をそらしながら）。

今回のプロモーションは通算五回目（非公式にはたぶん一〇回以上）の来日となるためか、イリーナ嬢も日本の取材にもずいぶんと慣れた様子だった。

筆者も本書の二巻以来、イリーナ嬢には何度もインタビューに応じていただいている。そのため取材はごく円滑に進めることができた。

（幕張《まくはり》のホテル・ザ・マンハッタンにて）
筆者「どうも。ご無沙汰《ぶさた》してます。……っつーかスイートですか。相変わらずすごいなあ」
イリーナ「ようこそです。きょうは取材でとても忙しかったので、ちょっと疲れています。テンションが低かったらごめんなさい」
筆者「いえ、大丈夫です。いつもテンション低いですし。気にしてませんから」
イリーナ「それならいいんですけど」

筆者「あとなぜ幕張《まくはり》なんですか？　すぐそばの見本市会場では、コミケット・スペシャルが開催されてますよね？　私はついさっきまで、明日のトークライブのために松智洋《まつともひろ》さんと椎名《しいな》へきるさんと一緒に焼鳥屋で打ち合わせだったんですが」
イリーナ「あなたも出演するんですか？」
筆者「ええ。ついでにさっき、頼まれてた本を市川《いちかわ》さんに渡してきたばかりで……あー、それはどうでもいいや。ちなみにイリーナさんは？」
イリーナ「わたしはただの参加者で……いえ、そんなイベント知りません。マネージャーがこのホテルを勝手に予約しただけですから。都心のホテルの方がずっと便利なのに。困ったものです」
筆者「…………」
イリーナ「なんですか、その冷たい反応は？」
筆者「あなたが本国であれこれ暴露《ばくろ》されてるのは、私も知ってます。やれコスプレだ、やれ抱き枕だ、やれ外周サークルの列だ。いまさらとぼけてどうなるんですか」
イリーナ「むむっ……」
筆者「スキャンダルだとか聞いて、覚悟して記事を読みましたよ。とうとうあなたにもセレブらしい男の影がちらついたのかと。いやいや、私もいい年ですからね。正直、あなたに彼氏の一人くらいできたとしたら、むしろほっとするくらいなんです」

イリーナ「…………」
筆者「その上目遣《うわめづか》いはなんですか？　しかも涙目で。学校の先生とかお父さんに叱《しか》られてるような顔はやめてください」
イリーナ「でも……でも……（うつむき、目を潤《うる》ませる）」
筆者「イリーナさん。あなたガチオタですよね？」
イリーナ「……ええ。ガチオタです。たぶん」
筆者「いや、『たぶん』とか逃げ場を作っちゃだめですよ。あなたはガチオタなんです。まずそれを認めて前に進むべきですよ。そうじゃないと、いつまでたってもダメセレブです。ボッチセレブです」
イリーナ「それってセレブなんですか……？」
筆者「確かに変だけど、そう表現するしかないですよ。ああいうイベントで抱き枕とか買う前に、やるべきことがあるでしょう？　あなたの周囲には、それこそ魅力的な男性がごっそりいるんだから」
イリーナ「いません。……っく」
筆者「いるでしょ。つーか泣くな。たとえば……あー。マトバ役のジャック・ホータカ氏はどうですか」
イリーナ「ジャックはいい人です。いつもわたしをフォローしてくれるし。でも、彼から見たら、わたしは子供でしょうから」
筆者「奥さんもいるし」
イリーナ「ええ。奥さんいるし。あとジャックは背が高くてダイナマイツでババーンって感じの女子が好みのはずです」
筆者「そうなの。っていうかどこでダイナマイツとか覚えたんだ」
イリーナ「気にしないでください。とにかくジャックはそうです、きっと。まあ、わたしの主観ですけど。そういう意味では、わたしは対象外だと思います」
筆者「ふーん。まあ、俺《おれ》がホータカ氏だったら……」
イリーナ「なんです？」
筆者「いえ」
イリーナ「待ってください。いま、自分がジャック・ホータカだったらこんな根暗《ねくら》な小娘なんか相手にしない、って思いましたね？　そう思いましたね⁉」
筆者「いや、別に……」
イリーナ「いいえ！　絶対にそう思ったはずです！　わたしのような、根の暗い、ぼーっとしてて、ぼんやりしてて、なに考えてるのかわからないような、ひどく薄気味《うすきみ》悪い変な女なんか、完全に対象外だと。あなたはそう思ったんですね？」
筆者「なにもそこまでは」

イリーナ「でも、近いところまでは思ったんでしょう!? おお、ひどい屈辱《くつじょく》です。あなたのことは、ただで会ってくれるカウンセラーくらいに重宝《ちょうほう》していたのに」
筆者「その程度なのかよ」
イリーナ「もう疲れました。帰ってください」
筆者「そうですか。それじゃ……」
イリーナ「待って!」
筆者「どっちなんだよ」
イリーナ「すみません、……明日のコミケット・スペシャルで、買いたい本がたくさんあるんです。有明《ありあけ》よりは少ないサークル数ですが、それでもわたしとマネージャーでは回りきれません。あなた、このリストのサークルを買って回る気はありませんか?」
筆者「すみません。無理です。自分もトークショーがあるんで」
イリーナ「そう言わずに!」
筆者「無理ですって!」
イリーナ「別に一八禁まで買えとは言ってないです。それはわたしとマネージャーがどうにかしますから……」
筆者「しないでください。っつーか今日疲れてるのも、取材のせいじゃないんでしょう? コミケでクタクタなだけなんでしょう!?」

イリーナ「それは……」
筆者「それは？」
イリーナ「……ええ。朝からずっと列に並んで、隙《すき》あらばイベントに整列して……。実はあなたが最初の取材です」
筆者「だめだ、この子」
イリーナ「実はさっき、サチコ・コバヤシのライブも観てました。プロ中のプロが歌う千本《せんぼん》桜《ざくら》。感動しました」
筆者「はあ」
イリーナ「サッチサチにされました」
筆者「それはなによりです。もう帰っていいですよね？」
イリーナ「帰らないで」
筆者「さようなら」
イリーナ「待って」
筆者「きょうはありがとうございました」

×××

すみません、ここから後書きです。

締め切りまであと三〇分です。大雨です。泣きそうです。

イラストの村田蓮爾《むらたれんじ》先生、ガガガ文庫編集部のみなさま、関係者のみなさま、本当にお待たせして申し訳ありませんでした。

今回はスタンダードというか、あんまりひねらない方向の話にしてみました。ちょっと今後にも引くようなノリもいれてみたり……これからどうなるのかは、まだ作者本人にもいまいちわかっていません。これからどうしたものかな。うーん……。

そんなこんなで、以後も続くはずのコップクラフト、なにとぞよろしくお願いいたします！

ではでは、六巻で！

二〇一五年六月　賀東招二

COP CRAFT 6
Dragnet Mirage Reloaded
COMING SOON.

…And to be continued!

GAGAGA

ガガガ文庫

コップクラフト 5
DRAGNET MIRAGE RELOADED

賀東招二

発行	2015年6月23日　初版第1刷発行
発行人	丸澤 滋
編集人	野村敦司
編集	代田雅士
発行所	株式会社小学館 〒101-8001 東京都千代田区一ツ橋2-3-1 ［編集］03-3230-9343　［販売］03-5281-3556
カバー印刷	株式会社美松堂
印刷・製本	図書印刷株式会社

Printed in Japan　ISBN978-4-09-451544-2

第10回小学館ライトノベル大賞
ガガガ文庫部門応募要項!!!!!!

ゲスト審査員は渡 航 先生!!!!!!!

ガガガ大賞：200万円＆応募作品での文庫デビュー
ガガガ賞：100万円＆デビュー確約
優秀賞：50万円＆デビュー確約
審査員特別賞：30万円＆応募作品での文庫デビュー

第一次審査通過者全員に、評価シート＆寸評をお送りします

内容 ビジュアルが付くことを意識した、エンターテインメント小説であること。ファンタジー、ミステリー、恋愛、ＳＦなどジャンルは不問。商業的に未発表作品であること。
（同人誌や営利目的でない個人のWEB上での作品掲載は可。その場合は同人誌名またはサイト名を明記のこと）

選考 ガガガ文庫編集部＋ガガガ文庫部門ゲスト審査員・渡 航

資格 プロ・アマ・年齢不問

原稿枚数 ワープロ原稿の規定書式【１枚に42字×34行、縦書きで印刷のこと】は、70～150枚。手書き原稿の規定書式【400字詰め原稿用紙】の場合は、200～450枚程度。
※ワープロ規定書式と手書き原稿用紙の文字数に誤差がありますこと、ご了承ください。

応募方法 次の3点を番号順に重ね合わせ、右上をクリップ等で綴じて送ってください。
① 応募部門、作品タイトル、原稿枚数、郵便番号、住所、氏名（本名、ペンネーム使用の場合はペンネームも併記）、年齢、略歴、電話番号の順に明記した紙
② 800字以内であらすじ
③ 応募作品（必ずページ順に番号をふること）

締め切り 2015年9月末日（当日消印有効）

発表 2016年3月刊『ガ報』、及びガガガ文庫公式WEBサイトGAGAGAWIREにて

応募先 〒101-8001 東京都千代田区一ツ橋 2-3-1
小学館　第四コミック局　ライトノベル大賞【ガガガ文庫】係

注意 ○応募作品は返却致しません。○選考に関するお問い合わせには応じられません。○二重投稿作品はいっさい受け付けません。○受賞作品の出版権及び映像化、コミック化、ゲーム化などの二次使用権はすべて小学館に帰属します。別途、規定の印税をお支払いいたします。○応募された方の個人情報は、本大賞以外の目的に利用することはありません。○事故防止の観点から、追跡サービス等が可能な配送方法を利用されることをおすすめします。○作品を複数応募する場合は、一作品ごとに別々の封筒に入れてご応募ください。